U0075821

少年陰陽師
しょうねん　おんみょうじ

少年陰陽師 肆拾肆

凝聚之牆

こごりの囲にもの騷げ

結城光流—著　涂愫芸—譯

重要人物介紹

藤原彰子
左大臣藤原道長家的大千金，擁有強大的靈力。現在改名叫藤花。

小怪
昌浩的最好搭檔，長相可愛，嘴巴卻很毒，態度也很高傲，面臨危機時便會展露出神將本色。

安倍昌浩
十七歲的半吊子陰陽師。父親是安倍吉昌，母親是露樹。最討厭的話是「那個晴明的孫子?!」

六合
十二神將之一的木將，個性沉默寡言。

紅蓮
十二神將的火將騰蛇，化身成小怪跟著昌浩。

爺爺(安倍晴明)
大陰陽師。會用離魂術回到二十多歲的模樣。

朱雀

十二神將之一，是天一的戀人。

天一

十二神將之一，暱稱是「天貴」。

勾陣

十二神將之一，通天力量僅次於紅蓮。

太陰

十二神將之一的風將，個性和嘴巴都很好強。

玄武

十二神將之一，乍看是個冷靜、沉著的水將。

青龍

十二神將之一，從以前就敵視紅蓮。

脩子
內親王，因神詔滯留伊勢。

安倍昌親
昌浩的二哥，是陰陽寮的天文得業生。

安倍成親
昌浩的大哥，是陰陽博士。

天空
十二神將之一的土將，是十二神將的首領，雖然眼盲，但內心澄明。

風音
道反大神的愛女。以前她曾想殺了晴明，現在則竭盡全力幫助昌浩。

藤原敏次
陰陽得業生，在陰陽寮裡是昌浩的前輩，個性認真，做事嚴謹。

在夢裡見到的，是曖昧的底部。

1

張開眼睛後，周遭是黎明前的寂靜。

不知何時失去了意識。

她慌忙轉動脖子，看到老人躺在她旁邊的墊褥上。

就在她呼地喘口氣時，強烈的不安猛然湧上心頭。

她戰戰兢兢地伸出手，擺在老人的鼻子前。

「……」

沒問題。有氣息。只是在睡覺。

她這麼告訴自己，身體卻不知道為什麼緊繃起來。

只是在睡覺。但是從什麼時候開始睡的？

被摧殘得參差不齊的頭髮，紛亂地掉落在左臉上。

那是在紫色花朵飄落的那個世界時，被灼熱的業火燒焦、燒斷的頭髮。

老人緊閉著眼睛，動也不動。

那總不會是夢吧？

難道是自己太過期盼，產生幻覺，所以看到老人醒來，呼喚自己的名字？

「……」

她想叫喚老人，聲音卻卡在喉嚨裡，連氣都喘不過來。

嘴唇在顫抖。肩膀在顫抖。指尖在顫抖。

怎麼辦？如果叫喚了，老人卻沒有回應呢？

就像一直以來的那樣。

若以後也都是那樣，該怎麼辦呢？

她縮回顫抖的手，緊閉著嘴巴，心情洶湧澎湃，眼角發熱。

怎麼辦。怎麼辦。怎麼辦。怎麼辦。怎麼辦。

「……果……然……是……夢……」

為了面對這樣的事實，她喃喃自語，表情泫然欲泣，嘴巴歪斜。

這時候，老人的眼皮微微顫動，緩緩張開了。

失焦的視線徘徊了好一會。

「好暗吶……」

從乾巴巴的嘴唇溢出了微弱的低喃。

他嘶地吸口氣，眨眨眼睛，慢慢地移動視線。

「……是太陰啊……怎麼了？」

漆黑一片，應該看不見，他卻能直直盯著太陰。

因為他不是用眼睛在看。

「對不起，我不是故意要吵醒你。」

太陰的眼角發熱，老人的身影變得朦朧。

怎麼樣都不安心。如果是夢怎麼辦？她不安心、很不安心。

「晴明……」

十二神將壓抑下聲音中的顫抖，使盡氣力呼喊了這個名字。

好不容易醒來的晴明，跟神將們聊了一會後，又被昏昏沉沉地拖入了睡眠的世界。

不知道什麼原因，他總算醒來了，但似乎還沒辦法清醒太久。

天后回來時，他已經被拖回了睡眠中。所以察覺騷動匆匆趕來的天后，沒能聽見主人的聲音，萬分懊惱。

太陰告訴晴明，天后剛剛還在這裡，還有太裳在守衛這一帶。

沒有提起應該待在尸櫻世界的妖怪出現這件事。因為她不想給剛醒來的晴明帶來精神上的負擔。

不時點著頭聽太陰說話的晴明，吃力地抬起只剩下皮、骨的左手，指著木門說：

「打開門，讓空氣流通吧。」

太陰小心地打開木門，沒發出聲音，以免吵醒山莊的人。

回頭一看，晴明正用手肘撐起上半身。

「晴明！」

她慌忙跑過來，扶住晴明的上半身。

「不行哦，你還要躺著。」

「現在是什麼時候？」

「你有沒有在聽我說話？」

「啊，太陰，把那個拿過來。」

太陰往晴明指的方向望過去，看到擺在牆邊的憑几。

她無可奈何地聽從指示，把憑几拿過來。老人倚靠憑几，深吸了一口氣。

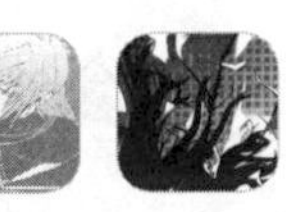
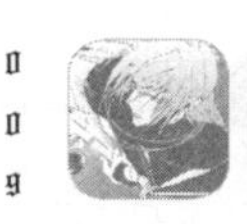

「有點暈呢。」

聽他說得那麼悠哉，太陰挑起眉毛說：

「當然暈啦，你知道你睡了多久嗎？大家都很擔心呢！你知道嗎？」

「這樣啊？真對不起。」

「說得太輕鬆了，沒有誠意。」

「是嗎？對不起。」

「所以，我……」語氣粗暴的太陰忽然把臉一撐，在晴明正面坐下來。「我一直在想，你醒來時，該跟你說什麼。我並不是想跟你說這種話……」

因為感覺就跟平常一樣，太平常了。

所以，還來不及說「你醒來了，太好了」或是說「太高興了」，就先劈里啪啦地抱怨起來了。

外面的空氣從敞開的木門流進來，吹動了太陰的頭髮。髮尖撫過臉頰，令人煩躁，太陰下意識地撥開了頭髮。

晴明看到她不經意的動作，便把手伸向她的頭髮。

「慘不忍睹呢……」

種種思緒湧上心頭，太陰對張大眼睛的晴明露出複雜的笑容。

「是啊，真的是慘不忍睹。我好怕騰蛇的火焰，好怕他的怒吼聲，好怕他的眼神，好怕他的殺氣。」

「妳這麼怕他啊……」

老人震顫著肩膀苦笑起來。從頭到尾都只有「好怕」兩個字，可見是打從心底感到害怕。

太陰從以前就怕紅蓮，經過一次次的戰役，更加深了她的恐懼，所以她平時都盡可能不靠近紅蓮。

「就是啊，所以你一定要說說騰蛇。」

「我會、我會。」

「真的會？」

「真的會啦，對了……」

老人伸出手碰觸太陰的頭，輕輕撫摸。然後，他閉上眼睛，在嘴裡小聲唸著什麼。

太陰屏住了氣息。

感覺有微弱的波動傳到頭髮，她下意識地眨了眨眼睛。再張開眼睛時，被燒得參

差不齊變短的頭髮，輕輕翻動起來，漸漸長出來了。

神將的外表是人類想像的具體呈現。

轉瞬間便長到原來長度的頭髮，落到太陰腳上、地上，披散開來。

晴明張開眼睛，莞爾一笑。

太陰眼睛眨也不眨地看著晴明。

「我什麼都沒說啊……」

「是啊。」

「你才剛醒來，不必這麼做啊。」

「呵呵，這只是小事一樁。」

「你的氣色還很差呢，只是你自己看不到，所以不知道。」

「是嗎？」

晴明安慰似的撫摸太陰的頭，細瞇起眼睛說：

「可是，看到妳的短頭髮，我會心疼啊。」

說完就呼地喘口氣，把憑几推開，吃力地躺下來了。

「等一下要說說騰蛇。」

晴明嘆著氣喃喃說道，把棉被拉到胸口。

「雖然是夏天，肩膀還是會受涼哦。」

聽到太陰這麼說，晴明眨了眨眼睛。

「已經夏天了啊……那時候還是春天呢。」晴明沉下臉，補充說：「離開京城的時候。」

「晴明？」

「妳說得對，我再睡一下，早上叫醒我。」

沒等太陰回答，晴明就閉上了眼睛。

沒多久就聽見了規律的鼾聲。

盯著他觀察好一會的太陰，確定他真的只是睡著，才鬆了一口氣。

只要依照他的指示，白天叫醒他就行了。在那之前就保持安靜，不要妨礙他睡覺。

太陰悄悄站起來，把手伸向了木門。夜風對身體不好。

伸向木門的左手被長髮纏住，她把頭髮撥到肩膀後面，走到外廊，無聲地關上了木門。然後，靠著木門坐下來，抱住膝蓋。

「……」

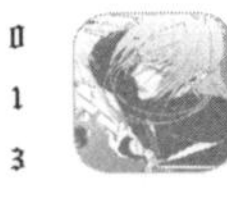

當她把額頭靠在膝蓋上，肩膀微微顫抖起來時，兩道神氣降落在她身旁。
兩道神氣從左右挨近她，其中之一溫柔地撫摸她的頭。
「我什麼都沒說啊……」
「是嗎？」
「我什麼都沒說……我一直想說……卻說不出口。」
看見他的臉、聽見他的聲音，就說不出來了。
「這樣啊。」
回應她的同袍，用纖細、溫暖的手指，梳著她恢復原狀的頭髮。
「我說不出口……他卻……」
太陰有最想說的話、有最期待的一件事。
她沒能說出口，晴明卻——
「他卻知道……」
「是啊。他總是知道。」
很多時候，真正想說的話，反而說不出口。很久以前，剛收式神的時候，他總是會反彈、衝撞，也經常爭吵，動不動就不耐煩。

曾幾何時改變了呢？

現在還是偶有衝撞，但不知不覺中，晴明已經能理解他們真正想說的話、真正期盼的事了。

太陰用力擦拭眼睛，抬起了頭。

「他說早上叫醒他。」

「那麼，那是妳的任務，因為是妳聽到的。」

太裳沉穩地瞇起了眼睛，太陰點點頭。

天后一直摸著太陰的頭，幫她梳頭髮，面帶微笑說：

「太陰，我幫妳綁頭髮吧，這樣會妨礙妳的行動吧？」

太陰摸摸恢復原狀的頭髮，突然想起了一件事。

「我沒有繩子啊，被騰蛇燒掉了。燒到只剩一半，我就丟掉了。」

丟在那個櫻花的異界。

天后與太裳互看一眼，太裳點點頭，把手伸進袖子裡。

「天空翁要我把這個交給妳。」

太裳從袖子拿出來的是髮繩，與太陰右耳上用來綁頭髮的繩子同樣顏色，也同樣

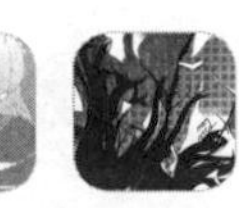

形狀。

「我想妳總有一天會用得到，所以先幫妳保管了。」

從太裳手中接過髮繩的天后，把太陰的頭髮抓攏弄整齊。

平時都是向天一借梳子，所以現在沒梳子。

「改天再重新綁漂亮一點……對了，可以叫朱雀幫妳綁。」

這麼說的天后，眼神帶著陰沉，因為朱雀和青龍都還沒有完全復原。

希望晴明清醒後，狀況會跟著好轉。

「綁好了，這樣可以嗎？」

「嗯，不錯呢，很適合，太陰還是梳這種髮型最好看。」

「我也這麼覺得。」

太陰交互看著兩名同袍，摸摸左側的髮束，確認綁得怎麼樣。

新的髮繩比右邊的髮繩硬一點。使用一段時間後，會不會變軟，摸起來也比較習慣呢？

「謝謝……」

心中百感交集，她不知道該如何形容這種感覺。

「我去巡視了。」

不等同袍回應，太陰就飛上了天空。

天空渾濁陰霾。天還沒亮，但感覺逐漸飄起了早晨的氣息。

連針掉落的聲音都聽得見的寂靜，不知消失到哪去了，逐漸傳來生物、樹木甦醒的動靜。

環視周遭，夜幕覆蓋的天空，唯獨東方山邊的色彩有些改變。因為烏雲密布，只能看出明暗差異，但色彩確實起了變化。

現在是破曉時刻。

天快亮了。

「早上……要什麼時候叫醒他呢？」

晴明昏睡很久了，早點叫醒他也沒關係吧？不行，他剛剛才睡著，可能要晚點再叫他。那麼，比在安倍家時晚些叫他，會比較好吧？

太陰看著眼下遼闊的吉野風景，滿腦子卻都想著這件事。

在天空翱翔了一會後，她停在山腰附近。

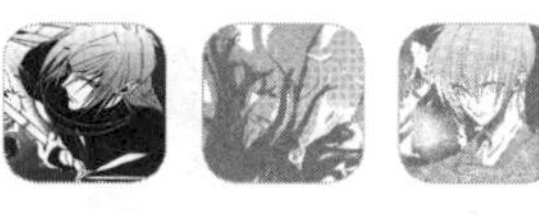

「樹木枯萎了……」

闊葉樹的葉子斑斑駁駁，夾雜著鮮豔的綠色與枯萎的顏色。

也有完全沒變色的樹木，但大部分的樹枝都出現帶有茶色斑點的葉子。

有很多斑駁變色的葉子，飄落在地面上。

夏天是生命力最旺盛的季節，這樣的季節竟然會有落葉。

仔細看，到處都是沒有葉子的樹枝。

山的表面，處處可見某種東西徘徊過的痕跡。像是生物踢開落葉，邊刨挖地面邊移動的痕跡。還有的樹幹被挖開一個洞，顯然是被某種東西撞破。

不是豬或鹿。豬再怎麼用力衝撞，也不可能把樹幹刨挖成這樣，連內部都露出來。

「是那傢伙……？」

獨眼妖怪的身影閃過太陰腦海裡。那個妖怪不知道是怎麼從那個尸櫻世界來到了人界。

妖怪被太陰的龍捲風擊中，碎裂成粉末了。跟在尸櫻世界時不一樣，太陰一掌就把它擊斃了。但是現在回想起來，那也未免太脆弱了。就算是被太陰使盡全力放出的龍捲風擊中，也不可能僅僅受到一擊，就粉碎到連原形都不見了。

太陰小心翼翼地探尋可能是妖怪經過的痕跡。

她集中全副精神搜索，不僅靠視覺，也靠聽覺和觸覺。

「陰氣更濃了。」

是樹木枯萎使氣枯竭，造成污穢的沉滯嗎？是因此召來陰氣，擴散開來了嗎？那麼，那些妖怪出現，是為了把陰氣帶來人界嗎？

思考了一會後，太陰呼地喘口氣，搖搖頭。

「我還是不要想這種事，交給天空、六合或勾陣去想吧。不，不對，想這種事是陰陽師的責任，輪不到式神。」

式神的責任之一，是蒐集各種資訊、證據、見識給陰陽師，讓陰陽師作正確判斷。

妖怪們是經由什麼途徑來到山莊呢？沿著它們的足跡回溯，應該可以找到起點。

太陰點個頭，纏著風，輕輕往上飄浮。

小心翼翼地循著足跡與妖氣的殘渣前進。

她的風一捲起旋風，攀附在闊葉樹枝上斑駁變色的葉子便承受不了風力，被颳離樹枝，飛到半空中。

現在並不是秋天，竟然會有枯萎的葉子飄落。

樹木枯萎不是太陰的錯，但葉子被風吹落，就是太陰的錯了。

太過破壞山景，很可能會被晴明唸。

「他對這種事很囉唆。」

喃喃自語的太陰降落地面。

一踩過落葉，奇妙的冰冷感覺，以及落葉還沒完全乾燥的潮溼感，便傳到了赤裸的腳底。

全身起了雞皮疙瘩。她抖抖身體，甩掉那感覺，又沿著妖怪們的足跡往前走。

走沒多久，撥開草叢，就看見綠色水面的沼澤。

這裡離山莊很遠。太陰飄到空中，環視周遭，附近都沒有住家。

她在沼澤畔降落，四下張望。

似乎是尸櫻世界的妖怪留下的妖氣，在各處殘留凝結。

沼澤畔的樹叢，面對沼澤那邊都枯萎變色了，葉子凋零，枝椏裸露。

她撿起落葉觀察。依她所見，葉子還有些許的綠色，枯萎的顏色從葉子外圍逐漸向內部擴散，就快覆蓋整片葉子。

捏著葉子的指尖，有股扎刺感，太陰皺皺眉頭，甩掉了葉子。

紛飛飄舞的葉子落在水面上，撩起好幾圈的水波，在水波消失時，葉子緩緩向下沉沒。

沼澤的水是半透明，葉子沉入一半後就看不見了。

有陽光的話，宛如高級翡翠的水面看起來一定很美。但陰沉渾濁的天空沒有陽光灑落，冷颼颼的。

除了太陰捲起的風之外，沒有其他的風。

連生物的氣息都沒有。

「是在提防我嗎……？」

棲息在周遭的動物、鳥、蟲，可能都被突然出現的太陰嚇到，所以屏住氣息，悄悄躲起來了。

妖怪的殘渣，到這處沼澤附近就中斷了。

為了謹慎起見，太陰繞沼澤走了一圈，都沒發現妖怪們的新痕跡。

那麼，是從這處沼澤出來的嗎？

安倍昌親的女兒梓，就是從連接自家水池的通路，被拖進了尸櫻世界。

既然可以把人界的人拖進去，那個世界的妖怪就有可能來到人界。

問題是，誰為了什麼做出這樣的事？

「解決了一個問題，就會接二連三出現其他問題。」

儘管明白這個道理，還是覺得很煩。

好希望可以讓晴明無憂無慮地休息一陣子。

咳聲歎氣的太陰，抬頭仰望逐漸翻白的天空。

「還不能叫醒他。」

天亮了，但還太早。待在晴明附近，就會忍不住想叫醒他，所以太陰想等到「所有人都認為是早晨」的時間，再回去山莊。

「現在叫醒他，有點太早了。他還沒睡多久，睡太少不好吧。」

沒特別說給誰聽，只是自言自語的太陰，甩甩頭，砰砰拍打雙頰。

為了排遣心情，太陰四下張望，看到沼澤畔的樹木倒映在水面上。

渾濁的水宛如一面鏡子。

太陰站在沼澤畔，望向水面。

她看到往這邊看的自己。

脖子一歪，紮在她雙耳上的兩束頭髮便搖晃起來。

「……」

她輕輕碰觸左側那束頭髮。水面上的自己也同時戰戰兢兢地觸摸頭髮。手指摸到髮繩，觸摸髮繩繩結的手指動作，清晰地倒映在綠色水面上。

「……」

觀看、觸摸恢復原狀的頭髮，確定沒問題後，太陰的表情才逐漸放鬆。僵硬的臉頰變得柔和，嘴角微露笑意。

「復原了……」

她真的非常討厭變短的頭髮。因為頭髮被火燒到，焦到慘不忍睹，她乾脆把頭髮扯斷，眼不見為淨。髮梢老是會刺到脖子、臉、肩膀，令人心浮氣躁，每次把頭髮撥開，她都差點叫出聲來。

把手指插入紮起來的頭髮裡，可以很滑順地梳下來，不會卡住。

這麼一點小事就令她欣喜不已，嘴巴忍不住笑開來。

就在她不停地確認頭髮復原狀況時，忽然看到自己倒映在水面上的身影搖晃起來，訝異地抬起頭。

出現了波紋。

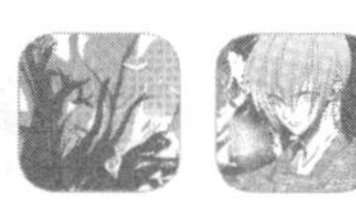

從沼澤中央。

「什麼……」

是沼澤裡的魚跳起來了嗎？不對，太陰的耳朵沒聽見任何聲響。

是風把樹葉吹到了水面中央嗎？不對，完全感覺不到空氣的流動。

沒有任何動靜。渾濁的水裡也看不到有東西在動。

太陰纏著風飄到半空中，樹木被煽動，葉子掉落水面，掀起幾圈波紋。被風吹動的水面大大波動，完全抹去了太陰倒映在水面上的身影。

樹木窸窸窣窣地搖晃起來，葉子相互摩擦，掉落的葉子隨風飄揚，喧囂紛擾，像是在控訴著什麼。

「快回去吧……」

回晴明那裡。

為了謹慎起見，太陰又環視了一次周遭，確認沒事後便飛上高空。

沒多久，蕩漾的水面靜止了。

完全沒有生物的氣息。

宛如鏡子般的水面下，有著倒立的身影。

兩個身影佇立在水面鏡子的背後。

一個是纏著布隱藏起真面目的人影。

一個是人面牛身。

件。

妖怪緩緩張開了嘴巴。

『……沾染死亡的污穢……』

件說完後，站在旁邊的人抖了抖身子。從布的縫隙，只稍微看得見嘴巴。

那張嘴漾起了笑意。

件的預言一定會應驗。

2

醒來時，周遭一片漆黑。

「唔……」

呼吸急促，心跳快得可怕。

四肢末梢冰冷，冷汗淋漓。

他慢慢爬起來，把肺裡的空氣全吐光，雙手掩面。

額頭冒著煩人的汗珠。

「冷靜啊……」

他喃喃自語，說給自己聽。激烈地上下起伏的肩膀，稍微緩和了。

這樣過了一會，昌浩又喘口大氣，把手從臉上挪開。

還沒有早晨的氣息，離天亮應該還很久。

他作了很不好的夢。

醒來後，知道是夢，身體還是一樣僵硬。

「糟透了……」

最近老是作這個夢。他一直嘗試讓心情平靜下來，卻怎麼也做不到。

今天尤其糟糕。

眼睛逐漸適應了黑暗。

雙手的手指微微顫抖，指尖冰冷。

在夢裡，這雙手抱緊了不能動的小怪。

當時的光景不斷重演。

紅蓮被火焰之刃貫穿時的悶重感。做垂死掙扎時，手伸出來勒住他脖子的力道。

長長的爪子刺進他脖子的輕微疼痛感、對氣管造成的壓迫感。

扯開喉嚨、竭盡全力地吼出來的除魔咒文，連自己都覺得像是在哀號。

當完成法術、解除束縛時，連站起來的力氣都沒有了。

他全身癱軟，雙手著地，不停地急促呼吸。

然後，他聽見了。

聽見什麼東西掉落的咚咇聲。

「……」

他稍微活動手指，確認身體有沒有反應。是有點僵硬，但今天算好了。

拚命伸出去的手，抖得很不像樣。

指尖勉強摸到動也不動的小怪，感覺到毛的柔軟。

閉上眼睛，那個瞬間便歷歷在目。

「——」

手指虛弱無力。緊緊摟住的白色身體是如此冰冷。

好冷。曾經那麼溫暖，怎麼會變得如此冰冷？

好冷。體溫消失，心也無處可去了。

喂，你在哪裡？

啊，我知道了，你又待在那個冰冷的地方了——

「唔……不好了。」

淚水差點掉下來，昌浩慌忙用手背擦拭眼睛。用力按住眼睛的手還在發抖。

他甩甩頭，一次又一次地深呼吸。

他知道為什麼每個晚上都會作這個夢。他知道原因，卻逃不了。

每天晚上都會重演那個瞬間，所以都沒睡好。

醒來就覺得筋疲力盡。這狀況持續不斷，這可不是開玩笑的。

「啊……大嫂會不會就是這種感覺呢……」

昌浩想起每天都作惡夢的成親夫人，也就是他的大嫂。

不論成親怎麼祓除惡夢或使用操縱夢的法術，都無法改變大嫂的夢。

大嫂每天都哭著醒來，就算試著回想異形不斷重複說的話，也怎麼樣都沒辦法清楚地想起來。

成親和昌浩都大略知道原因。

因為太害怕就會忘記。

人可以忘記惡夢、可以忘記可怕的夢、可以忘記討厭的夢。人可以把那些夢忘光光後再醒來。

醒來時，可以從心跳加速、冷汗直冒等身體反應，猜測自己可能作了可怕的夢，但連這樣的猜測也大多會從記憶中消失。

然後在某個時候，因為某個契機突然想起來。

「……」

昌浩用單衣的袖子擦拭額頭滲出來的汗水，隨手撥開黏在上面的劉海。

聽說大嫂會想起那個夢，是因為孩子們嬉戲時，讓庭院水池發出了水聲。

呸鏘……。

淌落的水聲也在昌浩心頭喚起了微寒的陰霾。

——件。

件的預言一定會應驗。

抱著動也不動的小怪時的冰冷觸感，在手中浮現。

昌浩盡量減緩呼吸，甩甩頭，環視周遭。

「咦……」

他眨了眨眼睛。

即使不用暗視術，已經適應黑暗的眼睛也能看見屋內的狀況。不是看得很清楚，但還能看到東西的黑影。

小怪不在他睡著前待的地方。

「小怪……？」

因為天還沒亮，所以他壓低嗓門叫喚。

沒有回音。

「小怪？」

昌浩爬出墊褥，察看唐櫃、屏風後面等可以躲藏的地方，都沒看到它。

心臟撲通撲通狂跳起來。

「你在哪……」

通往走廊的木門緊緊關閉著。

另一邊通往外廊的木門，有稍微移動過的痕跡。

昌浩披上外褂，走出外廊。

天空依舊是渾濁陰沉。原本期待著下雨的話，說不定會短暫放晴，但目前絲毫沒有那樣的徵兆。

烏雲密布的天空低垂，讓昌浩感覺飄蕩在京城裡的陰氣更濃了。

當氣開始循環，天空就會動起來。地上的氣沉滯，天空的氣就不動了。

昌浩穿上放在外廊的草鞋，走下庭院。雲層上面有月亮和星星，所以感覺外面比裡面亮。

「小怪？……小怪……」

叫喚的聲音越來越小聲，卡在喉嚨裡出不來。

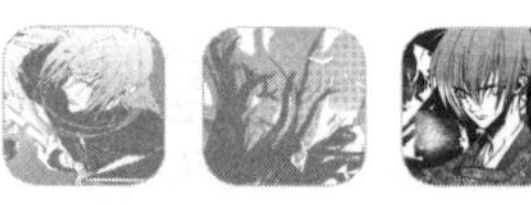

尋找不見的小怪，會讓他想起很多事，整顆心糾結起來。

尤其是剛作過那樣的夢，徵狀更嚴重。

昌浩甩甩頭，想一掃鬱悶的感覺。

「跑哪去了……」

他喃喃說著，忽然眨了眨眼睛。

「……難道是？」

從昌浩房間望過去的東北方，是祖父的房間。

他閃開庭院樹木、花草往前走，就看到外廊上有人影。

躺著動也不動的是十二神將勾陣。最近，她總是待在這裡。

除了她之外，還有——

「………………………………………………………………」

在外廊前停下腳步的昌浩，半瞇起眼睛，低聲叫嚷。

「喂，小怪。」

「不要叫我小怪。」

立刻傳回低吼聲。

昌浩疑惑地瞇著眼睛說：

「你在做什麼？」

他降低音量詢問，同樣壓低嗓門的小怪挑起眉毛說：

「你看我在做什麼？」

「……當枕頭？」

小怪的眉毛微微顫動。看它的表情，眉毛旁邊恐怕是暴起了青筋，只是被白毛蓋住看不見。

發出輕微鼾聲、動也不動、面朝上仰躺的勾陣，頭壓在小怪的背上。

小怪擺出把前腳、後腳都伸直，緊趴在外廊上的姿勢。

昌浩眨了一下眼睛。

啊，那個位置的確很適合用來靠頭。高度剛剛好，毛皮又蓬鬆，柔軟度也恰到好處，尤其是暖和。

「對了，」昌浩想起小時候，它也曾當過自己和彰子的枕頭，「你真的很喜歡當枕頭呢。」

昌浩恍然大悟似的點著頭，把小怪氣得齜牙咧嘴。

「當然不是那樣！」

「小怪，你很吵耶，天還沒亮，小聲點。」

說得沒錯。

小怪咿咿唔唔地低嚷，那表情就像又多暴出了一兩條青筋。它不敢大吵大鬧，只能搖晃可以動的尾巴。

以此表示它的強烈抗議。

昌浩看著它那樣的動作，呼地吐了一口氣。

「醒來沒看到你，害我嚇一大跳，這是怎麼回事？」

小怪惡狠狠地瞥勾陣一眼說：

「我來探視她，就被她抓來當枕頭了。」

「原來如此。」

一目了然。

昌浩雙手著地，觀察勾陣的臉。

「氣色還好吧？」

昌浩實在看不出來，只好開口問。小怪沒好氣地點點頭說：

「嗯，只是醒不來。」

「哦……那就好。」

昌浩打從心底鬆了口氣，發出輕微的嘆息聲。

小怪從他的神情察覺到什麼，眨眨眼睛說：

「怎麼了……」

昌浩背對小怪，靠著欄杆說：

「作了不太好的夢，又發現你不見了，所以跑來找你。」

「是嗎？」

「嗯。」

光這麼說，小怪就知道是什麼夢了。

也知道昌浩背對它，是不想讓它看見自己的臉。

前腳和尾巴都搆不到昌浩，所以它開口說：

「今天可以比平常晚到陰陽寮吧？」

「嗯，是啊，因為今天輪到我巡視京城。」

這是第一次輪班巡視。

「大概未時出門就行了……」

昌浩看著天空，屈指計算時間。小怪望著他的背影，溫柔地說：

「那麼，再多睡一下吧，早上我會叫醒你。」

「咦，中午前叫就行了，因為要巡視到天快亮的時候。」

「知道啦、知道啦，我會叫醒你，快去睡吧。」

「那就拜託你啦，晚安嘍。」

昌浩背對著小怪輕輕揮手。小怪知道他看不見，還是搖了搖尾巴。

昌浩隨手披在肩上的外褂，是他睡覺時用來蓋在身上的衣服。

可見是作了惡夢，跳起來，發現小怪不在，頭髮也沒綁就跑來找它了。

小怪稍微移動了一下身子，把前腳交叉放在下巴下面。總算可以換成比較舒服的姿勢了。

距離天亮還很久，為什麼自己會醒來呢？神將不會像人類那樣作夢，所以也不會作惡夢。不過，有事情盤據在心底深處時，還是會變得淺眠，很容易被一點點的聲音吵醒。

是一片葉子凋謝，從樹木飄落水池的微弱水聲，喚醒了小怪。

非常微弱的水花濺起聲，扎刺小怪的耳朵，使它不自覺地張開了眼睛。

這座宅院有十二神將天空的結界守護，除非發生重大意外，否則結界不可能被摧毀。但是為了預防萬一，它還是出去察看。

一出去，微弱的蟲叫聲就戛然靜止了。

小怪想起勾陣睡在晴明房間的外廊上，它心想應該不會有事，但小心為上，還是走過去看看。

結果勾陣睡得很安穩。它心想果然沒事，試著靠近察看她的狀況，沒想到一伸手就被抓住了。一股強大的力量將它拖走，然後勾陣的頭就靠在它背上了。

它試著掙脫，但勾陣的手察覺它的動靜，便抓住了它的脖子。

在無意識的狀態下，絕不會手下留情。

它無計可施，只能等勾陣主動放它走。等著等著，昌浩就來了。

回想起來，昌浩找到它時，瞬間露出鬆了一口氣、有些示弱的表情。

看到他那樣子，就覺得他還是跟以前一樣。還以為他成長許多，個子也長高了，應該也更成熟獨立了。

小怪抬頭看著陰霾渾濁的天空，喃喃自語：

「巡視啊……拜託六合吧？」

自己陪同也行，但由六合陪同可以更放心吧？

它瞥一眼沉睡中的勾陣那頭黑髮。從凌亂的劉海縫隙，可以看見她的眼睛虛弱地閉著。

她需要補充尚未復原的神氣，所以一靠近就會被她不分青紅皂白地拖過去。

十二神將中最強的騰蛇若以原貌出現，再怎麼壓抑都會散發出神氣。變成小怪的模樣，就是為了徹底隱藏神氣。

但是，不論怎麼隱藏，直接碰觸還是會有感覺。譬如體溫或氣息，都會有神氣溢出。不過，這些神氣都很微弱，所以要花很多時間才能補足。

把她帶去貴船就能加速復原，但聽說樹木枯萎也擴及靈峰貴船了。

把現在的勾陣丟到那裡，可能會吸光山正逐漸減少的靈氣，使樹木枯萎得更快。

勾陣的神氣算是枯竭了，處於氣枯竭的狀態。要讓如此枯竭的她復原，貴船的樹就會枯萎，而後氣就會枯竭，最後沾染污穢。喔，這也是一種循環呢。

「不好笑……」

想也知道貴船祭神的表情會有多可怕，所以就更不好笑了。

昌浩也非常清楚，當務之急是如何阻止樹木的枯萎。
然而，他還有很多其他的任務。
還有不想背負，卻被迫背負的事。
無關個人意志和意願，在出生那一剎那就已注定的事，勢必會到來。
人們將那種事稱為「宿命」。

昌浩到達皇宮陰陽寮後，為了謹慎起見，先去確認貼在牆上的巡視排班表。
「沒錯、沒錯，是今天晚上。」
昨天回家前也確認過一次，但可能會有變更，所以上面交代過，每天回家前都要確認一次。
坐在陰陽博士位子的成親，滿臉嚴肅地看著文件。
他的氣色似乎不太好，臉頰也比以前沒肉。不知道是不是光線的關係，感覺臉部更陰暗了。
昌浩按住胸口，做了個深呼吸。這幾天作夢證實了一件事，那就是作惡夢會消耗體力。

露樹似乎從剛醒來的昌浩臉上看出他沒什麼食慾，特別遲些為他準備了份量較少的午餐，他都勉強吃光了。

平常那樣的份量根本不夠，今天卻是好不容易才塞進嘴巴裡。可能是情緒低落，所以幾乎是食不知味。

因為氣沉滯不動，光從安倍家走到皇宮都覺得腳步沉重。

「好想念貴船的清冽空氣和冰涼的水……」

明天輪休，可以好好睡一覺再去貴船。之後就把腳泡在貴船川裡，什麼都不要想，無所事事地過一天也不錯。

對了，拜託車之輔把勾陣帶去，說不定貴船的靈氣可以讓她稍微復原。不過，不太可能請高淤神幫忙。

「嗯，就這麼做吧，回家後找小怪商量。」

昌浩想著開心的事，在自己的位子坐下來，打起精神工作。

剛邁入新的一個月，再加上有人輪休，每個人的工作量都增加了，陰陽部的氣氛有點緊張。

「呃，接下來……」

昌浩把完成的資料整理好，放進盒子裡，給博士確認。

「請過目。」

「嗯。」

成親看著手上的文件，簡短回應。

昌浩從書庫拿來幾份資料，一份一份打開，摘錄必要的部分。這時，響起了嚴重的咳嗽聲。

他抬起頭，看見坐在位子上的敏次，低著頭摀住了嘴巴，另一隻手按著鎖骨一帶。臉部扭曲的敏次，顯然拚命想止住咳嗽。然而，只要試著吸氣，就會發出阻塞般的氣息，繼續如病發般強烈地咳嗽。

看不下去的陰陽生們，一個接一個走向敏次。

「敏次大人，你今天還是先回家吧。」

「就是啊，剩下的工作由我們來做。」

「不……不用……我沒事……」

他輕搖著頭，試圖回應他們時也不斷咳嗽，看起來很痛苦。

陰陽生們與敏次這樣爭執了一會後，成親終於介入了。

「敏次，今天你先回家。」

「博士，我……」

敏次抬起頭，成親搖搖頭對他說：

「大家都知道你的咳嗽不會傳染，可是你這樣子沒辦法工作。」

然後，成親瞥一眼陰陽生們，稍微沉下了臉。

「況且，老擔心你，工作進度也會落後，造成大家的困擾。」

語尾平靜而嚴肅。

敏次猛然張大眼睛，深深低下了頭。

「是……那麼，不好意思……我先回家了……」

話說得斷斷續續，是因為使盡全力壓住了又快開始的強烈咳嗽。

昌浩沒加入陰陽生圍成的圈子，坐在位子上靜觀其變。成親喊了一聲：

「昌浩！」

「是！」

突然被點名，昌浩反彈似的站起來。成親轉頭看著他，指著敏次說：

「你今天晚上要值班吧？先送敏次回家。」

「是！」

「回來後，在輪班前把手上的工作做完。」

「是！」

陰陽生們要分擔敏次的工作，但被成親阻止了，他把所有工作拿回自己的桌上，堆在其他資料上面。

輪班巡視的人隔天就會輪休，因此陰陽寮現在人手不足。來工作的人必須分擔輪休的人的工作，所以工作量一定會增加。

敏次病到這種程度也不請假，就是因為知道目前的狀況。

而成親特地交代昌浩回來後再做，也是為了不想增添陰陽生們的麻煩。

陪敏次走出陰陽寮時，昌浩瞥了哥哥一眼。

成親的工作比他們都多，卻默默把敏次的工作全帶回了自己的位子。

昌浩下定決心，回來後要趕快把自己的工作做完，再幫哥哥做。

走下樓梯，在穿鞋時，敏次懊惱地咬住了嘴唇。

「對不起……」

「不用道歉，請聽博士的話，回家好好休息吧。」

昌浩盡可能輕聲回應，敏次露出百感交集的表情，淡淡一笑說：

「真的是該好好休息了。」

敏次的腳步出乎意料的穩健，他向前走，昌浩則跟在他後面。

「就是啊，休息很重要。我想以敏次大人的個性，可能會逼迫自己趕快調好身子，回去工作，結果連作夢都在工作，根本不能消除疲勞吧？」

昌浩豎起食指做出這樣的推理，敏次苦笑起來。

被我猜中了吧？昌浩正這麼想時，敏次用咳得太厲害而帶點沙啞的聲音說：

「作在工作的夢啊……應該不會吧……最近幾乎沒作什麼夢。」

嚴重的咳嗽中斷了他的話。咳了好一會，等一波過去後，敏次擦拭額頭上滲出的汗水。

「睡覺時也會像這樣咳起來，所以……你猜對了，根本不能消除疲勞。」

昌浩的表情緊繃起來。

也就是說因為咳嗽都睡不好？

那樣的話只會消耗體力。

敏次注意到昌浩的神情，搖搖頭說：

「今天我一定會盡全力休息，不要讓博士和陰陽寮的各位替我擔心。」

「是。」

昌浩點點頭，思索著該怎麼說，但最後還是接不下去。不管說什麼，都可能讓敏次不好過。

兩人不由得沉默下來，從朱雀門走向朱雀大路。

敏次住在右京。聽說是在六条大路與西坊城小路附近。

如果保持沉默走到六条，氣氛會有點尷尬。

該怎麼辦呢？昌浩正想破頭時，敏次忽然眨個眼睛開口說話了。

「你知道嗎？昌浩大人。」

「你最好還是少說話……」

「現在呼吸舒暢多了。況且悶在心裡都不說，反而更不好。」

「說得也是……」

昌浩打從心底贊成。敏次邊注意呼吸，邊小心地發聲。

「不久前不是發生過一隻鞋的事嗎？」

只有一隻鞋掉在地上。看見那隻鞋的人，會被黑煙吞沒，忽然消失不見。

嘴唇緊閉成一直線的昌浩，神情凝重地點點頭，耳邊浮現黑虫的拍翅聲。

「看見一隻鞋的人都會下落不明，過一段時間才回到家。然後窩在房間不出來，最後變成一堆白骨。」

打開緊閉許久的房門，就看到黑虫湧出來，待在房裡的人已經化為白骨。

敏次斜看點頭回應的昌浩，又訥訥地接著說：

「那些人遇上這種事，當然不可能公開。但皇宮裡的人大多知道，只是不說而已。」

「敏次大人也知道？」昌浩問。

表情變得複雜的敏次說：

「我不是很清楚，但行成大人似乎都知道，非常憂慮。」

「哦……」

狀況還不清楚。必要時，行成應該會主動來找他。

可見，那些人都是有相當身分的貴族。

跟敏次、昌浩無關，只跟行成有關。

敏次是行成的御用陰陽師，所以再微不足道的傳聞都要逐一檢視，以防行成遭遇危險。

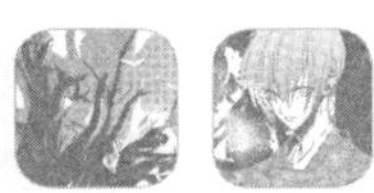

「後來又聽說了更恐怖的事，就是用來埋葬的……」

說到這裡，敏次又突然咳起來，咳得太嚴重，很久才停下來。

好不容易停了下來，又因為痰卡在喉嚨，聲音變得很奇怪。

他嗯哼清了好幾次喉嚨，讓聲音順暢，才吁口氣說：

「用來埋葬的墳墓……」

話突然中斷了。昌浩疑惑地眨著眼睛，轉頭看敏次怎麼了，只見他把手伸向喉嚨，瞇起了眼睛。

「聲音不太出得來，咳咳。」

他嗯哼幾聲，輕咳起來。跟剛才的重咳不一樣，這次是為了調整嗓音。

看著他好一會的昌浩，不經意地說：

「好像有人不讓你說似的……」

這句話沒什麼深奧的意思，只是隨口說說而已，敏次卻大感意外地瞪大了眼睛。

「啊……說不定真是這樣呢。那麼，不說這件事了。」

「等等，說到這裡打住，我會一直想啊。」

「哦，是嗎？」

「是啊，立場反過來的話，你不會一直想嗎？」

「會吧……」思考後，敏次露出理解的表情，頻頻點著頭說：「後來就送到墓地埋葬……」

忽然，敏次的臉色黯淡下來。

「聽說墳墓被破壞了……」

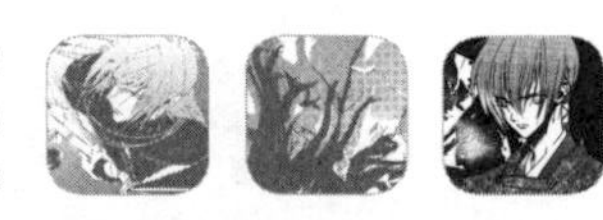

3

◇　◇　◇

醒來時，有種鬱悶的感覺，宛如沉滯的氣重重壓在身上。

「……」

她努力吸口大氣。肋骨彷彿被壓迫許久，發出傾軋聲響伸展開來。

過了一會，耳邊響起不悅的聲音。

「醒來了就快讓開。」

十二神將勾陣稍稍皺起了眉頭。

「……」

她吃力地扭動脖子，慢慢地轉移視線，看見滿是夕陽色彩、炯炯發亮、冷靜到可怕的眼睛，就近在咫尺。

她眨一下眼睛，從嘴巴吐出了一句話。

「你在做什麼？」

話才說完，小怪就挑起了一邊眉毛。

「妳……還……敢……問……！」

纏繞小怪的氛圍，就像背後有一團雷聲轟隆的黑雲，嘶吼聲震耳欲聾。

勾陣疑惑地閉上眼睛，手按著額頭。

「……？」

看起來真的很困惑的她，試著用一隻手肘撐起身子，但因為手臂使不上力，又倒下去了。

「唔！」

被墊在下面的小怪，發出青蛙被壓扁般的叫聲。

「對不起。」

勾陣邊道歉邊用小怪的身體當支撐，好不容易才爬起來，皺起眉頭，按著額頭。

她覺得頭昏眼花。

「不要逞強。」

好不容易站起來的小怪，展現自己的關心。勾陣虛弱地靠著欄杆。

頭好重。身體悶痛。人類過勞病倒時，大概就是這種狀態吧。
有深刻體會的勾陣，真的很想趕快脫離這樣的狀態。
「感覺怎麼樣？」
「不好也不壞。」
「……哪裡有問題？」
「我自己很清楚，頭腦沒在動。」
小怪嘆著氣，對滿臉痛苦的勾陣說：
「勉強爬起來會消耗體力，在完全復原前……」
說到這裡，小怪突然安靜下來。勾陣疑惑地望向它，看到它的表情似乎閃過了什麼念頭。
勾陣有不祥的預感，不等小怪開口，就先搶著說：
「我不要。」
「我什麼都還沒說啊。」
「我不要。」
「我就說我什麼都還沒說嘛。」

「我不要。我不清楚你想到了什麼，但我知道那是我不想做的事。」

小怪用前腳抓抓耳朵一帶，心想她的直覺還真強呢。

而且身體不舒服，居然還能這樣對談如流。

勾陣看出小怪還在動什麼歪腦筋，正要滔滔接著說時，一陣風颳到他們前面。

「——」

兩人張大眼睛，屏住了氣息。

夾帶神氣的風，是十二神將太陰送來的風。

風揚長而去。風裡夾帶的話，都一字不漏地傳送到他們兩人心中，和待在生人勿近森林裡的天空的心裡頭了。

小怪仰望天際，不禁閉上了眼睛。

勾陣也單手掩住了眼睛。

「晴明……」

因為是異口同聲，所以不知道是誰先發出了這樣的喃喃低語。

終於醒了。他們的主人安倍晴明，終於醒了。

兩人幾乎同時發出深深嘆息聲，放下了心中的大石頭。

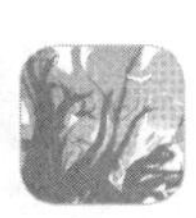

就在安心下來的同時，整個人也虛脫了，勾陣無力地滑躺下來。

再也不用在昏沉的睡眠中，無意識地擔心了。真是令人高興的事。

打起盹來的勾陣，聽見小怪說話的聲音。

「妳還是去道反的瑞壁之海……」

瞬間，她又張大了眼睛。

「我說過我不要！」

看小怪一副無法釋然的樣子，勾陣又接著說了一長串的話。

「騰蛇，你好像忘記了，所以我告訴你，那片海可以治癒身體的傷口，但是對體力和靈力的復原無效！」

「咦，是這樣嗎？」

「是！」

小怪張大眼睛，懷疑地歪著頭。勾陣怒氣沖沖地大叫後，怫然不悅地閉上了眼睛。

小怪看著頃刻間墜入沉眠的同袍，半瞇起了眼睛。

「神氣才稍微復原就又浪費掉了……把我當枕頭的時間和我的神氣還給我啊！真是的……」

勾陣的發怒會消耗相當的氣力和體力。

小怪深深嘆息，用後腳抓抓耳朵一帶。

「好，傳達到了。」

在山莊上空追逐風向的太陰，感覺風已經到達京城的安倍家。

現在有天空、勾陣以及騰蛇待在安倍家。只要他們其中一人收到風的訊息，就會知道晴明清醒了。

「聽說勾陣沉睡的時間還很長，所以最可能收到的是天空翁吧。」

另一個人打從一開始就不在太陰的考慮範圍內。

陰霾的天空逐漸改變顏色，迎向了傍晚。

太陰耐著性子，消磨時間，直到巳時才叫醒晴明。那之前，她好幾次忍不住想叫醒晴明，都被太裳和天后制止了。

過了巳時，取得許可後，她輕聲叫喚晴明。

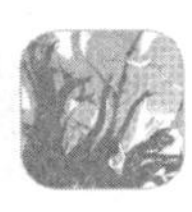

叫了兩、三次名字，再搖搖肩膀，老人就動動眼皮，小聲回應了。

晴明張開眼睛，輪流看著圍繞自己的三人，苦笑起來。

不要一臉窮途末路的表情嘛。

在晴明這麼說之前，神將們都沒察覺自己露出了怎麼樣的表情。

方才，太陰把山莊交給太裳和天后，去了那個沼澤。

白天有強烈的陽氣，所以現場氛圍與之前全然不同。沼澤周邊有很多生物，絲毫感覺不到黎明前那種陰森的氣息。

似乎在訴說什麼的紛擾模樣已不復存在，妖氣的殘渣也完全消失了。

水面平靜無波，風吹過時就捲起小浪，樹葉掉落時則掀起波紋，一直擴散到沼澤畔。

還看到幾隻蟲子跳過水面。有時會有很小的蟲子飛進水裡，有時風會惡作劇，把沼澤畔茂盛草叢的草尖壓到水面。

那裡的沼澤光景就是這麼理所當然、平凡無奇。

但是，之前的模樣絕不是太陰的錯覺。

回來後，太陰報告了這件事。晴明聽完報告，面有難色地沉思著。可以推測，他正在沉默地進行著神將們無法想像的思考和盤算。

看到他那個樣子，太裳斷定不用再擔心他了，所以交代太陰把風送出去。
送給待在京城和異界的同袍們。
藉風傳達安倍晴明清醒的消息。
沒有在晴明醒來時就通知大家，是擔心那只是一瞬間的清醒。
人類在生命結束前，會迴光返照，展現強勁的生命力。
這次的清醒說不定只是生命之火熄滅前的最後光輝。
倘若真是這樣，短暫的喜悅就會變成激烈的絕望和悲哀。倘若曾經擁有過希望，那隨後發生的狀況，將會比不曾知道更嚴重、更深刻。
太裳和天后認為由待在晴明附近的他們來體會那種滋味就行了。
還有，萬一發生什麼事，太陰會怎麼樣呢？
他們無法想像。
深思熟慮後，兩人決定把注意力擺在眼前的太陰身上，而非離他們遙遠的同袍身上。萬一發生什麼事時，就全力支撐太陰。
幸好這些都只是白擔心一場，太裳和太后比誰都鬆了一口氣。
太陰翩然降落山莊，從拉起的上板窗窺視室內。

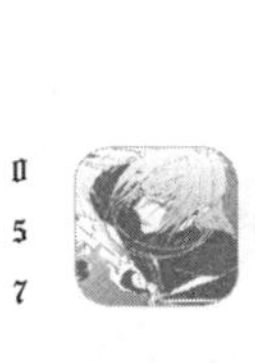

「晴明。」

在墊褥上坐起的晴明，嘴巴銜著一個小碗。

從他眉頭緊鎖的樣子來看，小碗裡應該是湯藥。

「苦嗎？」

太陰把手搭在下板窗的窗框上問道。晴明滿臉痛苦，那就是答案了。

太陰忍住了笑。這時候笑出來，晴明會鬧脾氣。

繃著臉喝完後，晴明把碗遞給坐在旁邊的天后。天后默默接過碗，滿意地點點頭。

「太陰，這裡拜託妳了。」

天后交代一聲後站起來，把空碗放在檜木托盤上，離開了房間。

太陰從板窗輕盈地跳進房內，在板窗旁坐下，抱住膝蓋。

「快要吃晚餐了，你吃得下嗎？」

太陰歪著頭問，晴明合抱雙臂，嗯嗯沉吟。

「沒什麼食慾呢。」

「不行哦，晴明，你很久沒吃沒喝了，多少要吃一點。」

「是這樣沒錯，」晴明摸摸肚子一帶，困擾地說：「可是我不覺得餓。」

太陰皺起了眉頭。

「咦，不可能吧？人類不是不吃飯就不能動嗎？」

她還記得以前昌浩曾經忙到沒時間吃飯，抱著咕嚕咕嚕叫的肚子，一副可憐兮兮的樣子。

更何況晴明有一個多月都在睡覺。

不過……

太陰突然想起一件事，沉默下來。

晴明昏睡其間，沒有變憔悴，也沒有瘦下來。只有時間不斷流逝，沒有任何變化。

待在尸櫻的世界時，當然也沒有吃任何東西。

「會不會是跟尸櫻混合的關係呢？」

還沒想清楚，這句話就先脫口而出了。

晴明皺著眉頭嗯嗯沉吟，搖搖頭說：

「那可能也是原因之一吧，可是現在完全脫離了，所以肚子可能很快就會餓了。到時候，說不定會想吃沙丁魚，還有茄子、鰹魚、鹹鹿肉……」

太陰苦笑起來，對一一列舉的晴明說：

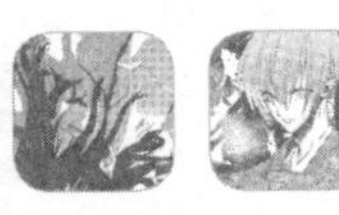

「可以想到那麼多，一定吃得下去，要不要拜託天后準備？」

「不用了……我才剛醒來，胃空了很久，所以她說要幫我準備對胃比較好的東西，一定是芋頭粥或紅豆粥……」

最有可能的是什麼都沒加的白米粥，而且米的份量極少，幾乎就是米湯。

感覺這樣也有點空虛呢。晴明這麼想著，他味覺正常，所以沒味道的東西可能不太能滿足他。

「唷，沒辦法，讓你們為我擔心了，我暫時還是老實一點吧。」

「就是啊，你說的話我們聽一半就好。」

「請這麼做。」

看到太陰回以裝模作樣的表情，晴明苦笑起來，但很快就繃起了臉。

太陰訝異地問：

「晴明，怎麼了……」

老人托著下顎，皺起了眉頭，片刻後才沉重地開口說：

「在那個世界，我一直靠著櫻樹，昏昏沉沉地打著盹……」

晴明閉上眼睛，在記憶中搜尋。

美得可怕、美得悲哀、美得淒涼的花朵，無止盡地飄零。

茫然中覺得，說不定會在這裡，就此度過永無止境的時光。而這說不定就是命運，他也做好了面對這種命運的心理準備。

必須拋下的東西很多；必須拋下的人也很多。他一一回想曾拋下過的東西、拋下了的人，在逐漸模糊的意識底下，蕩蕩悠悠地作著夢。

夢到很久以前墜落過，那個深淵的黑暗。

那是暗昧的底部。

他不害怕。

當一切結束，一切都會腐朽消逝。崩毀的世界將歸於無吧？而這個身體也將灰飛煙滅。

恐怕只有這顆心得以殘存於毀滅之中。那麼，終點將是最後的黑暗底處。

那個暗昧位在無比沉重的黑暗最深處。

那個暗昧充斥著淒厲的寒冷與恐怖，卻又令人懷念。

那裡酷似晴明曾經墜落的暗昧，而且所在之處比那個暗昧更深沉。

就是所謂的「界之境」。

黑暗的盡頭。

大地之根。

——世間的底部。

「……」

想到這裡，晴明打了個寒顫。

遺忘許久的情景乍然浮現腦海。

那時，他聽見微弱的拍翅聲和水聲，抬起了眼皮。

紫色花瓣如暴風雪般狂亂飛舞。

他清楚看見，花瓣前是那宣告預言的妖怪，和另一個身影。

『沾染死亡的污穢，櫻樹的封印將會解除。』

是的，他聽見了件的預言；聽見了那逐漸被風吞噬的微弱聲響。

然後男人低沉的聲音，刺穿了他的耳朵。

「放你回去吧，安倍晴明——」

當櫻花如呼應那句話般掩蓋視野時，記憶就噗滋中斷了。

接著聽見的是令人心碎的悲痛叫聲。

呼喚自己的聲音，把在暗昧深處擺盪的心，拉上來這裡。

若是沒人叫喚，說不定會繼續擺盪，融入暗昧。

很久以前就該那樣了。雖然相隔了很長一段時間，但說不定是夢見了那時候的延續；也說不定是正往那個終點前進。

「……」

晴明緩緩抬起眼皮，呼地吁口氣。

十二神將默默地、擔心地看著他的桔梗色眼眸，過分清晰地映入視野。

那次和這次，把自己拉上來的都是十二神將。

「我收的式真是太了不起了……」

晴明不由得笑出聲來。

沉默不語的太陰終於忍不住開口了。

「晴明……到底發生了什麼事……？」

神將們把晴明的身體從那個尸櫻世界帶回了人界。

那之後陷入沉睡的晴明，究竟看見了什麼？

「或許是夢，或許是現實，或許兩者都是，也或許兩者都不是。」

但無論如何，唯獨件的預言是真的。

站在件旁邊的男人，也是現實中的人。

被尸櫻囚禁的晴明可以回到人界，就是最好的證明。

晴明把最後看見的光景說出來後，太陰張大眼睛，花容失色。

「預言……？」

「嗯。」

晴明回應著，表情凝重地望著半空中。

所謂死亡的污穢就是字面的意思吧？因為紫色櫻花就是污穢的花朵。

至於櫻樹的封印……

晴明知道那是什麼。

與尸櫻融合時的記憶留在他心裡。

吸取污穢而綻放花朵的櫻樹有另一個使命。

因此不能讓櫻樹枯萎。

所以需要活祭品，預防櫻樹徹底沾染污穢。

「……」

太陰不敢叫喚滿臉嚴肅的晴明。

◇　◇　◇

太陽快下山了。

神祓眾的冰知在樹木繁茂的山裡，環視周遭，喃喃說道：

「今晚就在這附近休息吧……」

他找到一個地方，岩石堆得恰到好處。岩石表面長滿了青苔，可見長時間沒有移動過了。

人的力氣是推不動的，但有可能因為強陣雨或地動天搖而崩塌，所以他小心做了檢查。

如果有大小適當的巨木，也可以躺在那棵樹的樹枝上，但放眼望去，都沒有特別巨大的樹木。

決定野營地點後，他走向附近的河川，往身上潑水，把頭髮洗乾淨。

人類的味道會引來野獸。若是野獸大鬧起來，就會被人發現他躲在杳無人煙的深山裡。

冰知把滴著水的白髮稍微擰乾，走回岩石處，沿途蒐集落葉。他把蒐集來的落葉塞在岩石的入口，施加隱形術。

不能生火。但幸好是夏天，放著不管，衣服和頭髮也乾得很快。

已經檢查過沒有蛇或毒蟲，但有可能之後才爬進來。冰知沒倚靠岩石，坐在可以看見入口的地方。

計算今天一整天行進了多久就可以算出大約位置。地圖都在他大腦裡，他核對地圖推測地點。

「快到阿波了……」

冰知是奉神祓眾總領的命令，在大約十天前從菅生鄉出發，來到四國這裡。

為了調查樹木不斷蔓延的枯萎原因，以找出解決方案，菅生鄉在大約半年前就派

出了很多眼線。
回到京城的安倍昌浩也送來了書信，說有來歷不明的集團在四國蠢蠢欲動。他說他現在沒辦法行動，希望神祓眾查到什麼情報就告訴他。
關於四國的事，神祓眾也聽說了。據說，有個扭曲世間哲理的集團正在逐漸擴展勢力。
神祓眾原本打算哪天派個眼線去調查。但收到昌浩寫來的信後，發覺事情的急迫性已經超越了想像。
眾長老商議之後，決定派冰知去當眼線。
冰知並不想離開小野家下一代的時遠。
但是已經派太多人去調查樹木枯萎的原因，人手不足，且根據判斷，四國這件事必須派武藝高強的人去，不然會有危險，所以冰知是萬中選一。
冰知把沒乾透的頭髮撥到後面，自嘲地笑了起來。
做錯過那麼多事的自己，竟然會被委以這樣的任務。
時間停止、維持十五歲模樣的女孩的身影，閃過腦海。
應該是螢向眾長老推薦了他。曾經有段時間，她哥哥時守被撇到一旁，她被推為

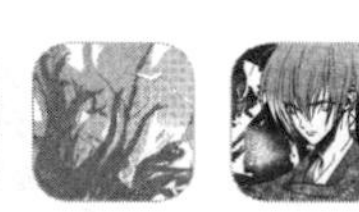

神祓眾的下一代總領，所以眾長老也不能忽視她說的話。

螢對不情願的冰知說了這麼一句話。

——我感覺四國那件事比樹木枯萎更嚴重，所以只能靠你了，冰知。

她沒有說謊。她的確感覺四國的事，比樹木枯萎逐漸擴及全國更危急。

她知道冰知不會為神祓眾行動，也知道冰知最關心的事跟她一樣。

她會那麼說，應該是感覺可能會有災難降臨時遠。

冰知深思了一晚，決定聽從眾長老的差遣，以防災難降臨時遠。

他解下纏在背上的皮袋子，拿出裡面的紙張，用食指在上面寫下文字。

然後把空白的紙張折成鳥的形狀，對著紙張吹三口氣。

紙張膨脹起來，畫出柔和的線條，變成了純白的燕子。

「去吧。」

冰知把燕子從被落葉遮住一半的入口放出去，燕子拍了幾下翅膀，便直直往前飛走了。

明天就要進入阿波國了。冰知是從備前國進入讚岐國，邊蒐集人們的傳聞，邊前往阿波。

到目前為止，都沒聽到不好的傳聞。

只聽說有重症被治癒了、有瀕死的傷勢被治好了、有快枯死的神木被救活了、有乾涸的土地取得了新的水源。

都是這一類的傳聞，冰知親眼看到信仰者正逐漸增加。

自稱為智鋪眾的人們在阿波國的東側最有勢力。

雖然離這裡還很遠，但阿波國是智鋪眾最多的地方，絕不能掉以輕心。

他打算明天早上天一亮就出發。

他檢查附近有沒有野獸的動靜、結界穩不穩固。

「目前都沒問題……」

大略檢查過眼睛看得到的地方後，他便躺下來閉上眼睛，沒多久就睡著了。

不知不覺中，貓頭鷹的低沉叫聲穿過了樹木的縫隙。

風吹動草木，揚長而去。

夜間活動的生物走向岩石地，把鼻頭湊近落葉，哼哼抽動鼻子聞味道，興致索然地走開了。

每當聽見這樣的聲響，睡著的年輕人肩膀就會有反應，顫動一下。因為神經緊繃

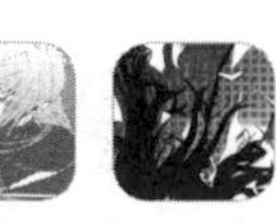

到極致，所以身體在無意識中也會動起來。

但幸好有隱形法術，不會被發現有人躲在岩石地。

被樹木覆蓋的深山就這樣逐漸沉入了夜裡。

4

昌浩正在回想傍晚時敏次說的話，突然有人拍了他的肩膀，他嚇一大跳，眨了眨眼睛。

「安倍大人，你要去哪裡？」

「咦？」

昌浩驚慌地回應後，就看到今天第一次見面的衛士受不了似的嘆口氣，對他說：

「走這邊才對，你再發呆會跟丟哦。」

「啊……對不起，我在想事情……」

昌浩坦然道歉，看起來比父親吉昌年長的衛士，莫可奈何地笑著說：

「安倍大人今天是第一次輪班巡視吧？也難怪會緊張。」

衛士點著頭，一副可以理解的樣子，拍拍昌浩的背，叫他不用緊張。

他拍得太用力，害昌浩差點向前仆倒，昌浩邊哇地大叫，邊重新站穩。

衛士和檢非違使看到他那樣子，都笑了起來。

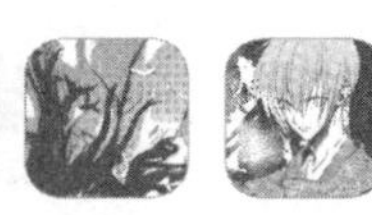

昌浩覺得很尷尬，把嘴巴撇成了ㄟ字形。

他絕不是緊張，但又懶得一一解釋，就當作是那樣了。

戒備巡視的隊伍是由檢非違使和衛士各四名，加上兩名陰陽生，十名組成一隊。

開始巡視後已經過了一個禮拜，這其間都沒有可疑怪物出現的報告。

原本因緊張、戒備而提心吊膽的警備隊，經過七天後，似乎有點鬆懈了。

昌浩暗自思索。

開始鬆懈是最危險的時候。

回想自己一個人夜巡時，曾經稍微鬆懈，妖怪就像看準了那一刻似的發動了攻擊。

「嗯，不禁想起小時候的我。」

不知不覺殿後的昌浩，用走在前面的衛士聽不見的聲音喃喃自語。

一直隱形待在旁邊的六合現身，默默低頭看著他。

「啊，以前六合也常陪著我呢，好懷念。」

「嗯，是啊……」

隔了一段時間才回應，可能是因為不贊同昌浩的話，但顧慮到他的感受，所以勉強回應。也可能是因為在回想過去種種，所以反應慢了一些。

昌浩邊祈禱是後者，邊小心觀察四周。

他不放過任何聲音，並靠本能去察覺異狀。

不能完全靠眼睛，因為耳朵和觸覺的反應比眼睛更敏銳。

在這樣的戒備中，昌浩腦中又閃過臉色蒼白、忍住不咳、訥訥說著話的藤原敏次那張臉。

「……」

昌浩眨個眼，低聲嘟囔。

「被破壞的墳墓四周，每天晚上都有白色蝴蝶在飛……」

◇ ◇ ◇

「聽說墳墓被破壞了……」

可能是心理作用，昌浩覺得敏次說話的聲音特別低沉。

「……」

微刺的感覺掠過昌浩的背脊。

說到這裡，敏次又咳了一下，試著把卡在喉嚨的東西吞下去。

昌浩吞口唾沫問他：

「你說被破壞，意思是……」

有好幾個貴族在看到一隻鞋後，就化成了骨頭。他們都被送往墓地埋葬了。

京城周邊有幾個墓地。

有化野、蓮台野、鳥邊野。

貴族各自被葬在與自己相關的地方。

因為死得太離奇，所以送葬行列非常低調，盡可能避人耳目，悄悄前往墓地，連塔形木牌都沒立，只擺了石頭。

是守墓人發現新的墳墓崩垮了。

一隻鞋的貴族們都只剩下骨頭，所以就直接埋葬了。其他人通常是火葬，但也有土葬的人。

土葬的屍體會逐漸腐朽，所以偶爾會有野獸聞到屍臭味靠過來，挖開墳墓，把屍體吃得亂七八糟。

守墓人在巡視有沒有像這樣被破壞的墳墓時，發現了那個墳墓。
只擺著石頭的新墳墓被破壞了。
不是被挖起來。
而是有東西從墳墓裡面爬出來，把墳墓推倒了。
露出來的棺木，蓋子是開著的。守墓人驚嚇過度，沒確認棺木裡的狀況，就把土埋回去，趕快逃回家了。
等他回到家時，發現身上的錢包不見了。
他搜索記憶，好像是拚命把土埋回去時，無意識地把錢包擱在哪了。
渾濁的天空越來越暗，夜晚就快來臨了。可以的話，他也不想折回去，但他是守墓人，知道夜晚有盜賊會在那裡徘徊，只好硬著頭皮去找錢包。
怎麼會把錢包擱在那裡呢？守墓人踩著沉重的腳步，心中懊惱不已。
黃昏時刻是逢魔時刻。
這個時間，那個地方通常不會有人。如果遇到人，那絕不是正常人類。
不，如果是活人還好，但在墓地出現死人也不稀奇。
守墓人是去烏邊野的一角，那裡有被破壞了的某貴族新蓋的墳墓。

到那裡時，天色完全暗了。

守墓人點亮備好的火把，高舉著火把尋找錢包，在石頭後面找到了錢包。

他撿起錢包，檢查裡面，確定裡面的錢幣跟記憶中的數量一樣。

呼地鬆口氣的守墓人轉身準備回家。

就在這時候，高舉的火把突然熄滅了。

用沾滿油的布纏繞做成的火把，不可能三兩下就被吹熄，火是無聲無息地突然熄滅的。

守墓人尖叫一聲，屏住呼吸，全身僵直。

漆黑降臨。

守墓人勉強移動僵硬的腳，邊嘎嗟嘎嗟發抖，邊用手腳前端到處摸索，尋找回家的路。

看不見也很可怕，但留在這裡更可怕。從現在起，夜會越來越深沉。

手指碰到什麼東西時，他就跟著木牌或石頭的觸感，慢慢往前走。

走著走著，眼睛逐漸適應了黑暗。

雖然只看得到黑影，但總比什麼都看不見好。

慢慢前進的守墓人，看到白色的東西掠過視野角落。
他的眼睛不由自主地跟著那個東西移動。
白濛濛的東西翩然飄舞。
是蝴蝶。綻放著淡淡光芒的白色蝴蝶，輕盈地飛舞著。
第一次看到這種蝴蝶的守墓人，張大了嘴巴。
現在是夜晚，看到飛蛾並不稀奇，但這隻怎麼看都是蝴蝶。
蝴蝶停在墓碑上，張合著翅膀。
通常，飛蛾停下來時，會大大張開翅膀。而蝴蝶停下來時，則會半張開翅膀，或收起翅膀。
所以，那應該是蝴蝶。
守墓人看到翅膀輕輕張合的蝴蝶停留的墓碑，大吃一驚。
那是白天時他把土埋回去後，恢復了原狀的新墳墓。
錢包就是掉在那附近。感覺自己走了很久，其實沒那麼久嗎？
這麼想的守墓人，搖了搖頭。
不對，自己的確從那個地方離開了。

難道是在哪裡走錯了路，一直在原地繞來繞去嗎？

想到這裡，守墓人毛骨悚然。總不會是妖怪或死靈，想把自己關在這個墓地吧？

無論如何都要脫離這裡。

守墓人背對蝴蝶停留的墳墓向前衝，好幾次都差點跌倒，東撞西撞，拚了命往出口跑。

回過神時，那隻白蝴蝶就在守墓人四周飛來飛去。

白蝴蝶在守墓人眼前翩翩展翅，逼近了他的眼睛。

他「呀」地尖叫一聲。

白色翅膀淡淡浮現出圖案。

那是一張哀怨地瞪著他看的人臉。

守墓人終於忍不住慘叫起來，渾然忘我地往前跑，回過神時，已經倒在自家門口。

飽受驚嚇找回來的錢包，他的確塞進了懷裡，但找遍全身都找不到。

敏次做了這樣的總結，昌浩對他說：

「先不提蝴蝶，錢包應該是在守墓人昏倒時，被夜間盜賊搶走了吧？」

敏次回他說：

「嗯，我也這麼想。」

說到這裡時，正好到了敏次家，昌浩便向他告辭，回陰陽寮了。

錢包不見不奇怪，倒是那隻蝴蝶很可疑。

「在墓地飛舞的白色蝴蝶啊……我可不想碰到。」

話說回來，四周一片漆黑，守墓人為什麼看得見白色蝴蝶呢？有火把的話可能看得見，但沒有火把，看得見才奇怪吧？

在沒有光線的狀態下，唯獨那隻白色蝴蝶清晰可見，那麼，那隻蝴蝶恐怕不是蟲，而是虫。

埋頭思考的昌浩，聽見六合的聲音在耳中響起。

《昌浩，你會跟不上衛士哦。》

殿後的昌浩抬頭一看，驚覺自己已經離那群人有兩丈遠了。

他們手中火把的火焰裊裊搖曳著，因為距離太遠，都照不到昌浩了。

急忙加快腳步的昌浩，不經意地環視周遭。

陰霾的天空裡沒有星星也沒有月亮。要是沒有火把的光線，檢非違使和衛士們都

看不見東西。

昌浩可以使用暗視術，但他們只能靠火把。

墓地的守墓人應該也是吧？當火把在墓地熄滅時，他一定怕得要死。

對昌浩來說，黑暗並不可怕。小時候，他也曾害怕黑暗，但現在完全不覺得怎樣。

可怕的是來自黑暗的東西，以及在黑暗中聚集的東西。

還有黑暗前方的東西。

想著這些事的昌浩，聽見耳邊有微弱的聲響。

他屏住了呼吸。

是微弱的拍翅聲。

他反彈似的環視周遭。

這裡是朱雀大路，在八条和九条的界線附近。再往南走一點，就是聳立的羅城門。

他們一行人走在寬二十八丈的道路中央。

「有沒有聽見什麼？」

有個衛士這麼問。

所有人停下腳步，豎起耳朵傾聽，觀察周遭狀況。昌浩跑向他們，在與陰陽生成

對角線的位置停下來。

他背對所有人，結起刀印抵在額頭上。

昌浩對自己施加暗視術，調整呼吸。

「安倍大人……」

剛才跟昌浩說過話的衛士，臉被火把的紅紅火光照亮，臉色卻非常蒼白。

昌浩默默點頭，全身起了雞皮疙瘩。他感覺有妖氣捲起強烈的漩渦，包圍了他們。

黑暗中出現了比黑暗更漆黑的凝聚體。

「黑虫！」

昌浩嚴厲地低嚷，用刀印畫出一直線。

「禁！」

在半空中畫出的一直線，逐漸往上、下擴張。

幾乎在同一時間，黑色漩渦也撲了過來。

被看不見的牆壁阻擋了去路的凝聚體，嘩地向四方散開。

檢非違使舉起火把，想看清楚到底發生了什麼事。

火光照亮了黑暗。

所有人都發出了不成聲的叫喊。

比黑暗更漆黑的馬蜂包圍了隊伍。

臉色發白的檢非違使拔出了刀子。他揮起大刀，想把馬蜂嚇走，但不管怎麼揮，都被輕易地閃開了。

馬蜂穿過大刀揮起的刀風，襲向了一行人。

響起了低鳴般的沉重拍翅聲。檢非違使邊奮力抵抗蜜蜂的攻擊邊大叫：

「三更半夜怎麼會有蜜蜂……」

所有人都知道，那不是一般的蜜蜂。

觸角、眼睛、嘴巴、翅膀、身體，全都是黑色，從來沒見過這種馬蜂。

更奇怪的是，他們用手腳揮趕飛來飛去的馬蜂，手腳竟然唰地失去血色，強烈的寒冷襲向全身。

現在是夏天，而且高舉著火把，還穿著鎧甲，全副武裝地跑來跑去，閃躲蜜蜂。

這樣只可能覺得熱，怎麼可能覺得冷呢？

「被蜜蜂咬到會有危險！」

昌浩大叫，所有人的表情都凝結了。

既然不是一般蜜蜂，那就是陰陽師的領域了。

站在前頭的陰陽師拍手擊掌，舉起了咒符。

「南無馬庫桑曼達、吧沙拉旦、坎！」

他以高舉護符的手結刀印，用刀尖畫出了一個圓。

聚集成群的一團蜜蜂被應聲彈飛出去。

「快躲進這裡面！」

陰陽生畫的圓足夠收納所有人。

衛士們衝進了裡面，追殺他們的蜜蜂一湧而上。

握著大刀保護自己的檢非違使們嚇得蹲了下來。

「碎破！」

瞬間響起的怒吼聲，震撼了他們的耳朵。

「安倍大人！」

是陰陽生的叫聲。

昌浩獨自站在陰陽生緊急畫出來的圓陣外，準備迎戰大群的馬蜂。檢非違使和衛士看著他的背影，大驚失色。

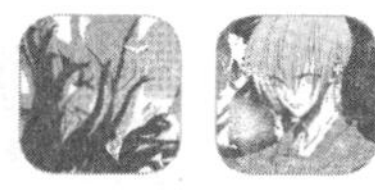

「安倍大人，快退後！」

背對他們的昌浩，搖了搖頭。

「六合，他們就拜託你了。」

《你呢？》

「我沒問題，應該沒有……」

已經跟它們對峙過好幾次了。

昌浩拉出放在懷裡的念珠，把繩子扯斷。

散開的念珠掉落地面，滾向四面八方。

昌浩拍手擊掌，用力吸了一口氣。

「天之五行、地之五行、人之五行……！」

他畫出五芒星，固定在自己四周，做為結界。

黑虫團繞成一個大圈子，避開昌浩的結界，衝向包圍衛士等人的圓陣。

嚇得差點全身抽搐的陰陽生，使盡力氣舉起了護符。

「嗡、波庫、坎！」

放開的護符化為大漩渦，將馬蜂吞噬、摧毀。

但逃過這一劫的馬蜂又聚集起來，發出強烈的拍翅聲直撲而來。

陰陽生把手伸進懷裡，臉色頓時發白。剛才那枚是最後一枚了，現在只剩念珠，還有檢非違使們的大刀。

拍翅聲逐漸增強。包圍他們的蜜蜂越來越多，數量多達幾百、幾千、幾萬。

這麼多蜜蜂同時撲上來，他們將不堪一擊。

走投無路了嗎？

就要絕望時，一道銀白色閃光掃過了蜂群。

接著，迸出淒厲的波動，把蜂群推開了。

一個檢非違使喃喃嘟囔：

「怎麼回事……？」

檢非違使和衛士們不管怎麼看，都只看到馬蜂突然後退了。

但是，在陰陽寮日日修行的陰陽生看見了。

有個高大的身影出現在圓陣前，披著深色的布。

是個身材壯碩的年輕人，留著茶褐色的長髮。身高比陰陽生高出一呎，陰陽生必須抬頭看他。

衛士手中的火把照出了他的容貌，右臉上有黑痣般的圖騰。

年輕人手中閃爍的銀槍一揮，聚集的蜂群就被分成兩半，各自散去了。

帶著熱氣的波動升起，扎刺著肌膚，取代了剛才令人恐懼的寒冷。

陰陽生張大了眼睛。

「這……難道是……」

腦中靈光一閃。

他曾聽過傳聞。凡是在陰陽寮工作，以陰陽道為志向的人，即使不曾親眼目睹，也不可能不知道。

有貌似人類的人外之人被記載於六壬式盤上，是居眾神之末的存在。

「十二……神將……?!」

那是跟隨獨一無二大陰陽師的式神。

年輕人無言地瞥了陰陽生一眼，黃褐色的眼眸與一般人全然不同。

而且，從男人全身迸射出驚人的神氣。

沒錯，這個男人就是聞名遐邇的十二神將。

混在黑暗裡的馬蜂群從旁邊發動攻擊。

神將掀起身上的深色靈布擋住馬蜂，再用神氣漩渦將馬蜂吹走。

要攻擊圓陣的馬蜂，被神將擊退了。

馬蜂的數量太過龐大，還是有些逃過神將的防禦戰線，飛到了圓陣的護牆。但數量非常少，陰陽生一個人也應付得來。

陰陽生茫然地轉頭看昌浩。

對了，他是——。

「他是……安倍晴明的……孫子。」

在京城無人不知無人不曉的絕代陰陽師，正在吉野靜養。儘管年歲已大，還是享有當代第一大陰陽師的榮譽。

可以帶領安倍晴明的式神的人，恐怕只有他的繼承人。

黑虫是陰氣的具體呈現。

昌浩以五芒星的結界保護自己，結起了手印。

京城現在充斥著陰氣，大群黑虫聚集的這一帶尤其濃烈。

被黑虫包圍太久，就會接觸太多陰氣，失去行動的能力。

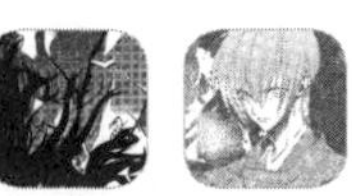

必須在那之前解決黑虫。

不能花太多時間。稍微鬆懈，黑虫就會咬破結界攻過來。

昌浩釋放的靈氣是陽氣，與陰氣抗衡。

地上充斥著陰氣和大群黑虫。面對這兩者，昌浩的力量太過薄弱。

他感覺氣力正逐漸耗損。

幸虧有六合在，可以保護同袍和檢非違使們。

這個陰陽生名叫日下部泰和，年約二十五、六歲，為人認真、熱忱，頗得陰陽博士安倍成親的賞識。

跟敏次也意氣相投，經常看見他們兩人一起看書，愉快地討論。

他有與生俱來的靈視能力。雖然聽說不是很強，但除了妖氣太弱的妖怪外，其他妖魔、死靈都看得很清楚。

除了靈視能力外，其他靈力也出類拔萃，最擅長的是結界術。

成親應該是考慮寮官們的特性來配置人員。多虧有他以結界保護了檢非違使和衛士們，昌浩才能專心應戰。

天氣會越來越冷。擊退這些馬蜂後，今晚最好就先撤離。

昌浩瞥一眼滾落地面的念珠，分布的範圍相當廣大，幾乎網羅了成群黑虫活動的範圍。

「嗡、阿迦拉達顯達、薩哈塔亞、溫……！」

他改結其他手印。

「南無馬庫桑曼達、吧沙拉旦、塔拉塔阿摩迦顯達、馬卡洛夏達索瓦塔亞塔拉馬亞塔拉馬亞溫塔拉塔坎、漫！」

散布各處的念珠所蘊藏的靈氣，隨著昌浩唸出來的真言逐漸膨脹。

「嗡奇利庫、修吉利比奇利塔那達薩魯巴、夏托洛那夏亞沙坦巴亞、罕罕罕索瓦卡。」

大群黑虫開始警戒地往後退。

昌浩瞥了它們一眼，看出它們的動向，又變更了手印。

「嗡嗶唏嗶唏卡拉卡拉吧唏哩索瓦卡、嗡嗶唏嗶唏卡拉卡拉吧唏哩索瓦卡、嗡嗶唏嗶唏卡拉卡拉吧唏哩索瓦卡、嗡嗶唏嗶唏卡拉卡拉吧唏哩索瓦卡……！」

蠢蠢鑽動的黑虫，突然啪噠啪噠墜落。即便如此，還是頑強地抖動翅膀，發出拍翅的聲響。

「嗡奇利利奇利、嗡奇利利奇利。」

唸著真言的昌浩，額頭冒出了汗珠。由此可見，他正集中全副精神，把靈力發揮到極致，與邪惡的東西對峙。

「南無馬庫桑曼達、波達難、顯達馬卡洛夏達索瓦塔亞溫、塔拉塔坎、漫！」

響起更加洪亮的真言，與拍手擊掌的聲音交疊。

「惡鬼惡靈、生靈死靈、怨敵靈神、回歸高天原。」

解除手印，結起刀印，高高舉起，然後——

「去除邪惡，恭請神明降臨此地，成就願望！」

昌浩把快速畫出的竹籠眼拋向黑虫們，並揮出刀印。

同時，散布各處的念珠所蘊藏的靈力炸開來。

大群黑虫被大量噴出來的陽氣吞噬，瞬間消失了蹤影。

繚繞迴盪的拍翅聲終於戛然而止。

5

昌浩連拍兩次手，呼地吁口氣。

瀰漫的陰氣完全消失了。

呼吸很久沒這麼順暢過了。

那麼一大群的黑虫，一隻也不剩了。

外型像馬蜂的黑虫，大可變成更小的東西。會保持那個模樣，是因為知道人類對馬蜂的恐懼。

像小黑點般的虫子看起來只會噁心，不會讓人害怕。但馬蜂不一樣，被刺到可能會死，被它強韌的下顎咬到，肉也會被咬掉。

那個拍翅聲尤其刺耳，會讓人不由得全身僵硬。

昌浩要撿起地上的念珠，才發現手指不聽使喚。抓起來的念珠又滑落地面，骨碌骨碌滾動。

長時間接觸陰氣的身體，比昌浩想像中冰冷許多。

昌浩邊摩擦雙手，邊回頭看泰和他們。

他們也張大眼睛看著昌浩。

在眾人的注視下，昌浩不知如何是好。

視線掃過附近一帶的六合，點個頭就隱形了。他判斷已經沒有危險了。

檢非違使們陸續從泰和的圓陣走出來。

他們戰戰兢兢地環視周遭，用大刀的刀尖戳戳滾落地面的念珠，再用腳尖觸摸被六合的神氣爆開的地方。

昌浩往冰冷的手指吹氣，泰和跑向了他。

「安倍大人……」

「啊，日下部大人，剛剛好危險呢。」

不過總算把黑虫擊退了，而且毫髮無傷。

第一次遇到黑虫時受的傷，連痂都掉了，幾乎看不出來，復原速度比想像中快多了。風音給他的懷紙薰過香，可能是那個薰香的效果。

確定所有人平安無事，昌浩才鬆了一口氣。泰和興奮地對他說：

「剛才出現的人外之人，是晴明大人的式神嗎？」

「啊，沒錯，是我請他幫忙的。」昌浩回答。

泰和的眼睛亮了起來。

「安倍大人，你……」

「怎麼了？」

「待在播磨的三年之間，你究竟做了哪些修行？沒想到你已經訓練出這樣的實力了……！」握緊雙拳的泰和，激動地發出讚嘆：「你居然可以一個人擊退那麼可怕的妖怪。」

「啊，並不是我一個人。」

有六合助陣，還有泰和的結界，他才能專心擊退黑虫。這絕不是他一個人的功勞。

「是因為有日下部大人牢牢保護了檢非違使和衛士們，我才能全力進攻，沒有後顧之憂。」

這時候，六合馬上發表了意見。

《不管任何時候，傾注全力都很危險。》

昌浩假裝沒聽見。六合說得沒錯，可是如果沒使出全力，讓它們溜走了，不也是問題嗎？

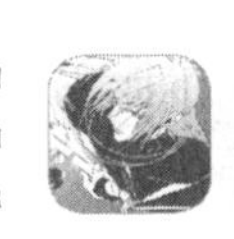

紅蓮在的話，就會用地獄業火燒死它們，可惜他待在安倍家沒來。

中午小怪來叫醒昌浩時，精神看起來不太好。

這時候六合剛好過來，昌浩就說：「小怪，今天你休息吧。」

小怪半瞇著眼睛，喃喃沉吟了好一會，最後深深嘆口氣，接受了昌浩的提議。

昌浩出門時，小怪一直送到門口。出門後，小怪用後腳直立起來，揮著一隻前腳向昌浩說再見，昌浩也揮手回應它。

越來越常像這樣被小怪送出門了。

不過，在播磨時每天都是這樣，回京城後算是比較少了。

泰和對陷入深思的昌浩說：

「可不可以告訴我，你都做了哪些修行？我也想增強實力。」

陰陽生的表情非常認真。

昌浩思考了一會，這麼回答他：

「在播磨的修行是把重點放在彌補我不足的地方，或連我自己都沒注意到的缺陷，所以可能沒辦法拿來當參考。」

「是嗎？」

「是的，說來很丟臉，我在觀星和占卜方面都不行。小時候又有強烈的好惡，很多必須學會的東西都沒好好學，所以在播磨訓練我的人，一定都傷透了腦筋。」

泰和驚訝地張大了眼睛。

昌浩並沒有渲染事實，真的是這樣，他只是實話實說。

夕霧等人花了約三年的時間才幫他打好了基礎，在他們面前，昌浩完全抬不起頭。

「所以……對你沒什麼幫助，對不起。」

泰和皺起眉頭，對道歉的昌浩說：

「你以前真的如你所說，有那麼多做不來的事嗎？」

「嗯，是啊，沒錯，我做不來的事一定比我自己想像中還多。」

其實，也有他會做的事，只是他一心只想著自己不會做的事。

「安倍大人、日下部大人。」

聽見檢非違使的叫喚，兩人停止了交談。

「我們先回皇宮，向上面報告這件事吧？」

兩名陰陽生點了點頭。

再繼續巡視，萬一遇見其他妖怪就不好了，最好避免這種狀況。

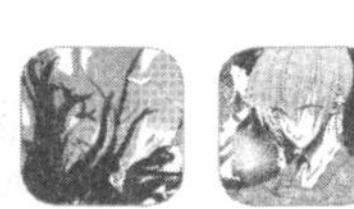

隊伍由泰和帶頭，中間是檢非違使和衛士，昌浩殿後。
昌浩感覺隱形的六合的神氣就在自己身旁。六合散發出來的氣息，似乎有點緊張。
「六合，怎麼了？」
他邊問邊活動雙手，感覺手還有點僵硬，心想再過一會應該會好吧。
想到忘了撿散落的念珠，他抓了抓太陽穴一帶。
念珠不但被拆散，還被法術撒得到處都是。
要全部撿回來很難，也不是很貴的東西，所以他並不會捨不得，只是把那些東西丟在人來人往的大馬路不管，有點良心不安。
看到昌浩面有難色，不時回頭往後看，六合現身嘆口氣說：
「這麼在意的話，我去幫你撿回來吧？」
「唔……這樣太麻煩你了……」昌浩低吟了一會，點個頭說：「算了，反正我明天輪休，怎麼樣都放不下的話，白天就自己來撿。」
六合聳聳肩說：
「以前晴明說過，那種念珠是消耗品。」
「話是沒錯……」

為什麼會這麼在意呢？

昌浩又回頭往後看。

被黑虫攻擊的地方，距離這裡很遠了，融入黑暗中，看不見了。

在八条和九条邊境。

茫然地思考後，昌浩忽地屏住了氣息。

「我知道了……」

「怎麼了？」

六合疑惑地歪頭問，昌浩默默地搖著頭。

他在意的不是念珠。他以為他在意的是念珠，其實不是。

大群黑虫出現的地方，是在越過八条，進入九条的附近。

昌浩如果去那個地方撿散落的念珠，一定會被叫去她那裡。

九条東邊郊外，有座古老的宅院被黑虫包圍。一個頭上披著藍染衣服的女孩布設了特別的結界，防止黑虫入侵。

「……」

正想抓頭髮的昌浩，才想起自己戴著烏紗帽。

於是他甩甩頭，輕輕嘆了一口氣。

他不想扯上關係。自從那天去拜訪那座宅院後，他一直作惡夢。

可是，宅院在召喚他。他真的不想扯上關係，但事與願違，有股看不見的力量把他往那裡拖。

昌浩跟衛士們拉開一小段距離，抬頭仰望天空。

「我不想扯上關係啊……」

不想跟什麼扯上關係？昌浩沒有明說。

在九条的藤原文重宅院發生了什麼事，六合並不清楚。昌浩和陪他前往的小怪，都刻意不談那天的事。

雖然不清楚詳細情形，但六合知道昌浩從那天起不斷作惡夢。

也知道他的惡夢似乎與四年前在道反聖域發生的事有關。

「高淤神說過。」

默默走在昌浩旁邊的六合，只把視線轉向他。

「祂說樹木枯萎便會導致氣的枯竭，形成污穢沉澱。不斬斷樹木枯萎的根本，就會有東西被污穢召喚而來、聚集在一起……聚集的東西就是黑虫。」

黑虫在追的是柊的後裔。

扭曲世間哲理，從黃泉重生的柊子，本身就是污穢。

「樹木枯萎的現象不只發生在京城，也發生在菅生鄉，聽說更西邊的地方也很嚴重，貴船神域的樹木也開始枯萎了。他們兩人來京城之前，樹木就開始枯萎了。所以他們兩人並不是樹木枯萎的根源……可是……」

昌浩沒有確認過，也沒有任何證據。

「應該有什麼關聯。所以，我真的、真的、真的很不想扯上關係。」

從他不尋常的語氣，六合知道他真的打從心底抗拒這件事。

「其實，我知道……必須下定決心處理這件事。」

智鋪這個名字，宛如鉛塊般壓在昌浩心頭。對小怪來說應該也是吧。

從黃泉重生的柊子本身就是死亡的污穢。昌浩與她扯上關係，就會背負污穢。接觸陰氣，體溫會下降，使身體變得不靈活，而污穢會使心靈的反應變得遲鈍。

「真希望爺爺趕快醒來……」

昌浩沉重地嘀咕。

六合眨了眨眼睛。

「晴明……？」

「嗯，說給爺爺聽，說不定心情會好一點。」

昌浩抬起頭，皺起眉頭。

「不過，也只是能讓心情好一點而已，該做的事還是要做。充斥京城的陰氣和黑虫必須想辦法解決、樹木枯萎的現象也必須想辦法解決、那個人的事也必須想辦法解決才行……」

全部都要想辦法解決。

因為這些都是發生在昌浩面前的事，或許是賦予他的課題吧。

這些他都明白。

「好討厭啊……」

這是認命的低喃，就像是最後的掙扎。但昌浩不會真的掙扎。

至今以來，發生過很多事，每次他都是全力以赴。

有時也會想逃避，但最後都沒有那麼做。

不對，慢著——昌浩又重新思考。

只有被冤枉的時候，他逃走了。

「不過，那可以說是不可抗力吧？」

昌浩喃喃自語。

因為逃走了，才有今天。最後他留在播磨的菅生鄉，接受嚴格的訓練，大幅成長後，回到了京城。

回想起來，在寮官面前施展法術擊退妖魔，這是第一次吧？

他想起了泰和的讚嘆，可見自己成長到這種程度了吧。

忽然，昌浩眨了眨眼睛。

「啊，我知道了。」

六合把視線轉過來。昌浩抬頭看著神將，思考著該怎麼說。

「剛才，我所做的事被稱讚了。」

黃褐色的眼眸帶著訝異的神色。

「與我是爺爺的孫子無關，是我在播磨的修行、努力被稱讚了。」

原來是這麼回事啊。

總算明白的六合點點頭說：

「的確是這樣。」

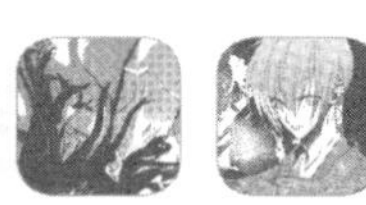

「嗯。」

昌浩垂下視線，傾聽自己的腳步聲。

他正一步一步，踏實地向前走。走到這個階段，花了不少時間、接觸過不少人、經歷過不少事。

這些都是自己鋪下的道路吧？

「真不想跟什麼叫魂術、什麼智鋪扯上關係。」

說完這句話，昌浩就決定不逃避了。

與隊伍相隔了一段距離。

昌浩輕輕跑起來。六合嘆口氣隱形了，跟在他後面。

衛士們的腳步聲、說話聲，在夜已深沉的朱雀大路迴響。

跑向他們的昌浩，沒有察覺這時候微微響起的水聲。

呸鏘……

響起微弱的拍翅聲。

在念珠散落的附近出現了兩個身影。

一個是用布蓋住了臉的人，在他身旁的是牛身人面的妖怪。

瞥一眼念珠的妖怪開口說：

「沾染死亡的污穢，櫻樹的封印將會解除。」

黑色水面在妖怪腳下擴散開來。

嗚叫般的拍翅聲逐漸增強。

響起水滴淌落的聲音，水面掀起幾圈波紋，逐漸擴散。

散布在路上的念珠，沉入大到足以掩蓋朱雀大路的黑色水面。

妖怪踏出步伐，掀起新的波紋，水面搖晃。

念珠墜入比黑暗還要漆黑的水底，落進很深很深的水底最深處。

沉入水底的念珠帶著淡淡的靈氣，沒多久就有東西蠕動著往那裡聚集了。

水底搖曳。沉沒的念珠逐漸被群聚的東西吞噬了。

件又開口說話了。

「沾染死亡的污穢，櫻樹的封印將會解除。」

站在件旁邊的人稍微掀開蓋住臉的布，露出了嘴巴。

宣告預言的妖怪緩緩傾斜倒下。妖怪的身體從水面消失了，沒有濺起任何水花。

露出的嘴巴泛起笑容的那個人，也無聲無息地沉入了水面。

黑色水面把他們完全吞沒後開始縮小。

方才無聲無息地擴張的水面，再如退潮般無聲無息地縮小，化為大馬路中央的一個小點。

水宛如被吸入地面般退去，發出噠噗聲響。

黑色水面退去的地方，黑膠般的東西緩緩湧出來，嘰嘰喳喳地吵嚷。

『……已矣哉。』

大小如櫻花花瓣的臉嗤嗤笑著。

噠噗一聲，那些臉被唰地吸入了地下。

響起拍翅聲。

被清除的陰氣又飄盪起來。

◇

「好過分……」

低嚷的昌浩，額頭爆出了青筋。從外廊觀察狀況的小怪，看到昌浩那樣子，不由得把視線轉向了遠處。

盤腿坐在昌浩對面的六合，表情不變，處之淡然。

「我不是故意不告訴你，只是沒機會說。」

「……」

昌浩挑起眉毛，轉過頭，望向把手背在後面佇立的十二神將玄武。

「玄武也知道？」

「不，我跟你一樣不知道，剛剛天空翁才告訴我的。」

「真的嗎？」

昌浩又不相信地質問。

「我騙你做什麼？」

皺起眉頭的玄武，似乎有點被惹火了。

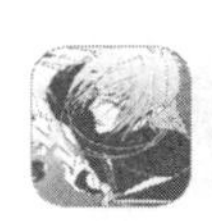

他高高舉起右手，迸放出神氣。
集結的神氣圍成橢圓形，變成了水鏡。
他把水鏡擺在少了主人的房間牆壁上，合抱雙臂說：
「吉野有天后的水鏡，你叫喚的話，應該會有人回應。」
稍作停頓後，他又轉向六合說：
「接下交給你了，我要回異界了。」
昌浩還是悶悶不樂，對他揮揮手說：
「幫我問候天一。」
「嗯，我會轉達。」
玄武點個頭，就隱形回異界去了。
昌浩深深嘆口氣，又轉向了六合。
「你說爺爺是什麼時候醒來的？」
六合的視線飄忽不定。
看那樣子似乎是在對木門外的小怪和勾陣訴說著什麼，但他們兩人都待在板窗後面，當然沒發現。

六合認命似的嘆口氣，回昌浩說：

「詳細情形我也不知道。是天空收到太陰送來的風，我來這裡的時候才聽他說晴明清醒了。」

其實，昨天在朱雀大路時，六合就想把晴明的事告訴昌浩，但錯過了時機。

昌浩換上平日穿的狩衣、狩褲，把頭髮放下來綁在後面，猛搔著頭說：

「搞什麼啊，早點告訴我嘛，我也很擔心啊。」

「對不起。」

「算了，沒關係。聽說他清醒了，精神也不錯，只是起來太久就會頭昏，所以沒辦法交談。這也無所謂啦，真的無所謂……」

昌浩像個孩子似的，滔滔說個不停。

「可是，起碼跟我見一面嘛。」

喋喋不休地說了一長串後，語氣突然弱了下來。

就算不能交談，也可以在醒著時見一面嘛。

垂下頭嘆口氣的昌浩，突然聽見高八度的聲音。

『怎麼了？昌浩，這麼沒精神。』

昌浩抬起頭。

「太陰。」

個子嬌小的神將，腰部以上出現在水鏡裡。

昌浩懷念地瞇起了眼睛。

「好久不見了……啊！」

察覺的昌浩眨了眨眼睛。

太陰發現他在看什麼，害羞地把手伸向左邊的那束頭髮。

「妳的頭髮復原了。」

『是晴明幫我復原的。』

「是嗎？太好了。」

聽見這段對話的小怪，悄悄探頭看。

頭髮真的復原了。

小怪只探頭看了一眼，就縮回板窗後面。因為變成小怪的模樣，太陰還是會怕它。

「爺爺在做什麼？」

太陰往旁邊看，歪著頭說：

『正躺著跟你揮手。』

「咦，他在那裡嗎?!」

『在啊，天后坐在他旁邊，不准他起來。』

「哦……」

那就不能交談了。

昌浩沮喪地垂下了肩膀，太陰告訴他：

『晴明說等一下夢裡見。昌浩，你聽見了嗎？』

「咦？」

昌浩訝異地反問，看到太裳也出現在太陰旁邊。

『他說在睡眠中可以自由行動，所以跟你約在夢裡見。』

「地點呢？」

『他說睡著就知道了。』

「好。」

昌浩回應後站起來。

「那麼，我先出去一下。」

水鏡裡的太陰眨了眨眼睛。

『你要去哪？』

昌浩不知從何說起，沉吟了一下說：

「京城發生了很多事，有個跟那些事相關的人，派使者送信來給我。」

那個人是藤原文重。

信上悲痛地懇求昌浩救救他的妻子。

在今天之前，他每隔幾天就派使者送信來，但昌浩都沒收，請使者原封不動地帶回去。

但今天他收下了信，而且當場過目，然後告訴使者稍後會去拜訪。

「詳細情形等我回來再說。」

『晴明叫你小心點。』

「叫爺爺也不要太逞強哦。」

聽見他稍微放大音量說的話，太陰點點頭。

昌浩揮揮手，離開了晴明的房間。

回到自己房間，梳好髮髻，戴上烏紗帽，昌浩就出門了。

從京城的戒備巡視回到了陰陽寮，昌浩寫完遭遇黑虫的報告後，擺在博士的桌子上，就在陰陽部待到天亮。

天亮後回到家，為了怕吵醒睡著的家人，昌浩悄悄走進去，用後院水井的水從頭上澆下來。

因為他感覺黑虫的妖氣還纏繞在身上。

他邊澆水邊慶幸現在是夏天。不過，即便是夏天，天剛亮時還是會冷。

井裡的水是冰涼的，沖起來很清爽，但身體很冷，所以他大致把頭髮、身體擦乾，就趕快鑽進墊褥裡了。

睡到下午醒來時，母親告訴他，藤原文重派使者送信來了。

平時昌浩都不見使者，直接請他回家，但母親每次都會接待他。

今天昌浩請他稍微等一下，簡單地梳理整裝後，便去見他。看完信後，請他帶口信回去。

回到家後，一直沒見到小怪，他想會不會又被勾陣抓住了，就去祖父的房間找，果然在那裡找到了它。這次沒被當成枕頭，但蜷縮在勾陣的頭附近，閉著眼睛。

就是在這時候，好久不見的玄武現身，把祖父醒來的事告訴了他。

「太好了，爺爺醒來了……」

頭髮恢復原狀的太陰，看起來很開心。她左側那束頭髮被燒得長短不齊的模樣，很令人心疼，所以昌浩心想能復原真的是太好了。

現在是什麼時間呢？昌浩抬起頭尋找太陽。今天的天空也覆蓋著厚厚的雲層，遮蔽了太陽。

如果下場雨，說不定會短暫放晴。

昌浩推測，起床時大約是午時過半的時刻，那麼，現在可能是未時。

「若是晚上，就可以請車之輔載我了。」

妖車待在戾橋下，昏昏欲睡地等著黑夜來臨。昌浩低頭看它，察覺動靜的它啪吵啪吵搖晃車簾。

昌浩舉手回應，邁出了步伐。

「為什麼會想去呢？」坐在昌浩肩上的小怪瞇起了眼睛，又問他：「你不是很不想去嗎？」

昌浩伸手去摸右臉頰。被黑虫咬過的地方，還留下一點痕跡。幾乎看不見了，但觸摸皮膚時還是有感覺。

這樣摸了一會，他才表情複雜地說：

「就算不想扯上關係而逃走，也會被追上……」

從簡短的回答聽出什麼的小怪，只應了一聲「是嗎」，就結束了話題。

6

◇

◇

聽到丈夫藤原文重說安倍昌浩會來，柊子滿臉陰鬱，沉默不言。

黑虫們在白天會隱藏鳴叫聲。

柊子拉開緊閉的木門，走下庭院。

文重因為擔心她，幾乎都沒去工作。伊周不放心，派使者來過好幾次。

文重對伊周細心的關懷由衷感激，派人告訴他，因為妻子患了重病，所以暫時不能去工作。

伊周非常清楚文重有多疼愛這個上年紀後才迎娶的妻子，所以心想既然這樣就沒辦法了。

「……」

柊子淡淡一笑。

她的確是患了重病，但那是幾個月前的事了。

當時，她發高燒、神智不清、呼吸困難，徘徊在夢與現實之間。

丈夫陪在她身旁，不斷呼喊她的名字，緊緊握住她的手。

當時，文重握的是左手。

柊子是天生的左撇子。但父母說慣用左手會有許多不便，所以訓練她學會使用雙手。訓練大有成效，她兩手都可以靈活地使用，但緊急時還是會先伸出左手。

那隻手現在不能動了。

她舉起用來把手藏在裡面的左邊袖子，輕輕從袖子伸出指尖，只見崩塌的肌肉和白骨。

柊子的臉緊繃起來，用右手的手掌遮住左手。

這隻手以前是白白嫩嫩的，現在完全看不出來了。這隻手還能動的時候，會幫丈夫縫製衣服、會利用季節食材做烹飪，還會替丈夫洗頭髮、梳髮髻、打理衣裝，有時還會寫歌作成長條詩籤。

這都是過去的事了。

躺在床上時被緊緊握住的手，留下了丈夫的指痕。

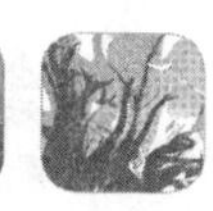

在發高燒神智不清中發現指痕時，她好驚訝丈夫居然握得這麼緊，同時也很開心丈夫長時間陪伴在自己身旁，長到留下了指痕。

也因此，想到他們即將陰陽兩隔的命運，就不禁淚溼了臉頰。

儘管如此，她還是作好了心理準備。

丈夫原本也應該作好了心理準備。

在他聽到那個傳聞之前。

傳聞有一群人可以治病、療傷，把死人從黃泉拉回來。只要求助於他們，沒有救的生命也救得回來。不可能回來的生命，也可以叫回這個世界。

他們崇拜的神明可能是來自某個地方本土的唯一神。起初，他們在出雲國傳教，拯救了那裡的人民。

成為中心人物的男人在四年前長逝，隨侍在他身旁的美麗巫女也在同一時間消失了蹤影。有人說，她是追隨前一代首領自殺了。

在改朝換代之際，他們把根據地從中國的出雲移到四國，經過幾年的輾轉遷移，最後在阿波國安頓下來。

文重從下人那裡聽說了這件事，因身心俱疲而憔悴的臉頓時紅了起來。

柊子沒有理他，虛弱地笑著說哪有那麼荒誕的事。怎麼可能做得到呢？那是違反世間哲理的事，除非是神，否則不可能做得到。

所以，柊子不相信他說的話。

令她心情沉重的是，丈夫的歲數大她很多，人又聰明、深思熟慮，居然會絕望到仰賴那麼愚蠢的傳聞。

但沉重之餘更覺得心安，因為身為眾榊中柊的後裔的自己，長久以來被賦予的任務終於要畫下休止符，可以從沉重的枷鎖中解脫了。

「椿……」

庭院處處栽種著代表四季的樹木。可能是長期沒有整理，枝椏隨意伸展，跟周邊的樹木糾結纏繞，成了詭異的形狀。

大半的樹都枯萎了，春天長出來的樹葉也大多變成茶色，掉落地面。

椿、榎、楸、柊被總稱為「眾榊」。

他們原本是忌部的血脈。在很久以前，帶著一個任務，從忌部分了出來。

眾榊各自生活在四國之地的不同藩國裡。四個家族幾乎沒有直接交流，但總會從某處聽說彼此的狀況如何，彼此都知道哪個家族發生了什麼事。

就在榎生下直系子孫的同時，妖怪宣告了預言。

這是在八十多年前傳來的消息。

那應該就是眾榊毀滅的開始。

據說最先滅絕的是楸。那是在柊子誕生之前的事，距今已經很遙遠，知道詳情的人幾乎都不在了。

她是在小時候聽知道那件事的人說的。

關於楸的消息突然中斷，覺得奇怪的人向旅人或行商人打探，這就是事情的開端。

幾個柊的人發覺有問題，便前往楸的鄉里確認狀況，發現以楸為姓氏的人全都死光了。

深山裡的聚落被好幾座墳墓包圍。

老舊的墳墓離鄉里很遠，越新的墳墓則離鄉里越近，幾個全新的墳墓甚至蓋在頹圮老屋的旁邊。那些墳墓的墓碑都很小，不注意看的話，說不定不會發現那是墳墓。

在看起來像是最新蓋好的墳墓附近，有一個人躺在地上蜷成一團，化成了白骨，那可能是楸最後的族人。

從大小來看應該是個小孩子。

由此可知，墓碑為什麼做得那麼小。

可能是大人們先死光了，剩下的小孩一個人挖墳墓，把屍骨埋了。但是以小孩子的力氣，只能搬來小石頭。

到底發生了什麼事？他們無法找到原因，厚葬那個孩子的白骨後，就離開了那個地方。

那之後沒多久，椿的族人也接二連三喪命了。

不只椿，榎和柊的族人也一個接一個死去。

死者的共同點是某個時候，會突然覺得肩頸處疼痛。

起初以為是不小心扭傷了肌肉，沒有太在意，不久後便出現嚴重的咳嗽，咳到停不下來。

胸口深處總像有東西在鑽動，若試著把那東西咳出來，胸口深處和背部就疼痛不已，怎麼找也找不出咳嗽的源頭。

接著開始發燒。起初只是微熱，後來逐漸升溫，意識模糊，身體不能動。

到這個階段，咳嗽中會摻雜紅色霧氣。

熱度越來越高，不知不覺中眼睛就看不見了。

到這個地步就無藥可救了。

最後會逐漸衰弱，失去呼吸的能力，瘦到肌肉都不見了，只剩下皮包骨，嚥下最後一口氣。

柊子的祖母、父親、親人，都是這樣死的。

而柊子的病也和他們一樣。

直到現在仍不知道病因是什麼。

眾榊的鄉里都在深山裡面。生病可能是被毒蟲咬到、可能是吃錯了什麼東西、也可能是水土不服。

但不論是什麼原因，只要患病就醫不好，是一定會導致死亡的怪病。

楸滅絕了，椿滅絕了，榎滅絕了。

柊的首領抱持滅絕預感，便命令自己的女兒帶著孩子下山。

在村子和城鎮上都沒有人死於這種病，下山也許可以得救。

首領的女兒牽著兩個女兒的手下山，在盡可能遠離鄉里的地方住了下來。

幾年後，住在深山鄉里的人都病倒了。

通知是在半夜送達。

在靠海村落邊緣的簡陋草庵，她們彼此緊挨著睡覺時，出現了一隻白色的蝴蝶。半夜，在沒有燈光的草庵裡，蝴蝶綻放著淡淡白光，翩翩飛舞，一一停在每個人的胸前，拍振翅膀，彷彿在向她們告別。

最後輕盈地往上飛，撒落些微的白色鱗片後，就如幻影般消失了。

首領的女兒把孩子們緊緊抱在兩腋下，無聲地流著淚，看著那一幕。

那是首領使出最後的力氣，從靈魂分出來的一部分。

後來她才知道那是所謂的「魂虫」。

柊子是下山的兩個孩子中的大姊。

她的母親替村落的漁夫工作，辛苦地賺取微薄收入。孩子們會在海邊撿拾貝殼、海藻，補充食物。

母女三人在無依無靠的村落中，努力地活著。

在柊子十五歲的時候，母親終於發病了，跟柊的其他人一樣，最後也死了。

疾病追著她們而來，絕不放過她們。

除了他們四個家族外，沒聽過有人得這樣的病。

那是用來毀滅眾榊的病。察覺這個事實時，已經太遲了。

眾榊只剩下柊的兩個孩子了。

母親死後，柊子與妹妹相依為命，努力活下去。但是只靠小孩子維持的生活越來越窮困，沒多久就撐不下去了。

這時候，村人都很關心成為孤兒的兩人，對她們伸出了援手。

地方官雇用柊子為下人，提供吃住。剛滿十歲的妹妹被沒有小孩的夫婦看上，收為養女。那對夫婦因為經商的關係，後來離開了阿波國，妹妹也跟他們走了。

傳來妹妹死亡的消息是在四年前。

聽說他們一家三口渡海時，船翻覆沉入了海底。船上的人因為潮流都淹死了，夫婦和妹妹也被海浪吞沒，一直沒找到屍體。

離別那天，妹妹哭得唏哩嘩啦的模樣，至今都還歷歷在目。

妹妹比她小五歲，跟她長得非常相似。

現在，柊子會在鏡子裡看到母親的臉。妹妹如果還活著，一定也很像母親。

她們相差五歲，卻活像一對雙胞胎，因為妹妹跟她太像了。

她還清晰記得，每次家人這麼說時，她就會在妹妹身上看到小時候的自己。

「……」

柊子低下頭，淚水從她右臉頰滑落。

但這份悲傷很快就要結束了。扭曲哲理的自己飽受苛責的日子也終將結束。

她是柊的後裔，也是眾榊的最後一個人。榊所背負的使命，也將隨著自己的生命消失。

儘管如此，她還是隱約有個想法、有個期盼。

那就是妹妹說不定還活在某個地方。

聽說了船翻覆後，她就把名字改成了柊子，希望妹妹如果還活著，看到這個名字就會馬上知道是姊姊。

不只妹妹，還有椿、榎、楸以及柊的族人。

如果有血脈相連的人還活在某個地方，看到這個名字就會知道她是榊的孩子。

她原來的名字是藍。

丈夫是在那之後與她邂逅，所以不知道她的真名。

她覺得這樣也好。

孤苦無依的她最後找到了依靠。時間雖短，卻很幸福。

她不想讓丈夫背負柊的沉重使命，所以她不想告訴丈夫榊的人們背負著什麼使

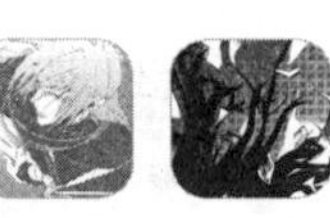

命、做過什麼事。況且，即便說了，沒有任何力量的丈夫也做不了什麼。既然這樣，還不如不說。

這個身體就快崩潰瓦解，歸於塵土了。

扭曲了哲理的自己已經不是一般人類，所以應該會墜入暗昧深處吧。

柊子每晚都會作夢。夢見自己沉入暗昧深處，再也浮不上來。

沒有光線，也沒有一絲絲的希望。吞噬一切的黑色水面，漂蕩在深淵的黑暗裡。沉入黑色水面、融入黑暗後，一切就會消失，再也不會投胎轉世。

她知道對叛離世間哲理的自己來說，這才是唯一的救贖。

有個白影從拉開的板窗飛進來。

在跟夕霧說話的螢，驚訝地眨了眨眼睛。

是白色燕子。

燕子被欠身而起的夕霧抓住，就變回了折成鳥形狀的紙張。

「是冰知吧？」
夕霧從紙張散發出來的靈氣推測，喃喃說道。
是被派去四國的冰知放出來的式。
接過紙張的螢，打開來看。
「他一直沒消息，所以我有點擔心呢。看來是沒事，太好了。」
螢一說完，夕霧就合抱雙臂說：
「當然啦，雖然發生過很多事，但他擁有的實力，在現影中也算是出類拔萃。」
「這我當然知道。」螢苦笑著聳聳肩說：「我很清楚冰知的實力，但他去的地方狀況不明，所以我還是會擔心。」
關於智鋪眾，神祓眾幾乎不了解。他們在水面下暗自活躍，等神祓眾察覺時，勢力已經擴及相當大的範圍。
據說，在某些地方，他們也會做讓植物復活之類的事。可能的話，神祓眾也會考慮跟他們合作。
但這只是幾種可能性之一。
神祓眾知道他們也會做扭曲哲理的事。視狀況而定，神祓眾也可能成為他們的敵

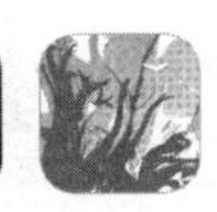

對勢力。

「不過，他們跟安倍家不和的話，跟我們應該也不和。」

螢把冰知送來的紙張攤開來，擺在地上，拍兩次手，注入靈氣。

空白的紙上，立刻浮現幾行字。

「不愧是冰知，字寫得真漂亮，不像用手指寫的。」

時遠的書法也是由冰知指導。在他回來之前，先以靈術、武術的訓練為主。

逐字過目的螢，視線停在書面中間，皺起了眉頭。

「螢？」

夕霧詫異地叫喚，螢面有難色地抬起頭。

「冰知說有很多人奇蹟似的獲救了呢。而且智鋪眾完全不收回報，所以深受大家愛戴。」

夕霧的眉毛跳動一下。

通常不必支付有形的代價，就必須付出無形的代價，而且是在不知不覺中。

所謂無形的代價，往往是無法挽回的事物。

據說智鋪眾可以讓死去的人死而復生。他們是利用某種法術，把脫離身體的魂叫

回來的。

「叫魂啊……」

螢喃喃低語，陷入沉思。

也就是所謂的返魂。螢可能也做得到，雖然沒有實際做過，但她有那樣的知識，也有那樣的能力，所以應該做得到。

但是違反哲理的行為，必然會遭受慘痛的反彈。

所以真正有實力的人，不會只靠自己的力量進行返魂。

需要替代品。

亦即用來當替身的事物，或是用來當替身的生命。

為了叫回某人的魂，就要送出另一個人的魂。這麼做，術士只要讓兩個魂各自行經的路交叉，把兩個魂引向其他的路就行了。雖然要耗費相當程度的勞力，但不會遭受太大的反彈。

若錯估自己的能力，使用太大的法術，很可能因為反彈而喪命。

徹底了解自己，也是陰陽師的實力。

「拯救所有需要拯救的人，不拿任何回報，乍看之下是件好事。」

螢細瞇起眼睛，夕霧無言地看著她。
「但是被拯救的人，究竟付出了什麼呢？」
或許是不知不覺中背負的代價，或許是無法挽回的東西。
「我不喜歡那樣。」
她摸著自己的胸口，平靜地低喃。
假如智鋪眾現在突然出現在她面前。
對她說：
讓妳受損的身體復原吧？延長妳的壽命吧？
她可能會有那麼一點心動。
可能會想再次追求已經放棄的未來。
又或者對她說：
讓妳死去的哥哥復活吧？
她的心可能會動搖。
可能會有一點點，真的只有一點點。
妖怪就是這樣，會趁隙鑽入人心。

這是妖怪擅長的伎倆。
智鋪眾不是妖怪，但所做的事跟妖怪的手法一樣。
「我不知道我可以保持這樣的樣貌再活幾年，但還有好幾年，我覺得這樣就夠了。」
她正一步步邁向死亡，為了延長壽命，她身上被施加了停止時間的法術。
這是她自己要求的。
她放棄成長為成熟的女性，是為了養育哥哥留下來的孩子時遠，讓那孩子繼承她所有的一切。
這是螢自己的抉擇。
所以就算有人說要治好她，她應該也會拒絕。
想到這裡，螢的眼皮震顫起來。
「夕霧……」
「什麼事？」
螢注視著現影的紅色眼睛，平靜地問：
「如果有人說可以讓我的身體復原、延長我的壽命，你會怎麼做？」
夕霧沉默了好一會，回她說：

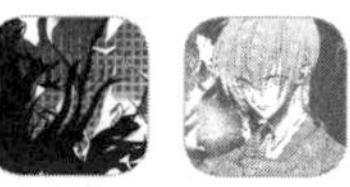

「如果妳希望的話。」

「如果我不希望呢？」

「我不會做妳不希望的事，也不會讓任何人那麼做。我只希望，妳能如妳所願地活著。」

「即使只剩一點點時間？」

「那一點點時間也是妳的選擇。」

聽完現影的話，螢「嗯」一聲，點點頭。

「對，所以，我這樣就滿足了。」

她的視線又落在紙張上，逐字閱讀。

看到最後一行時，她猛然倒抽了一口氣。

「螢？」

聽到叫喚，她還是沉默不語，頭也沒抬起來。

眼睛眨也不眨，無言地凝視著文字的螢，臉上突然失去血色，拿著紙張的手也微微顫抖起來。

看到她不尋常的樣子，夕霧伸出手，搶過她手中的紙張。

夕霧很快地看過冰知寫的文字，看到最後一行時愣住了。

——智鋪眾有時候會宣告預言。

由異形宣告預言。

預言一定會應驗，害怕預言的人為了取得新的預言，就會投靠他們。

冰知也還不知道是怎麼樣的異形。

為了更深入調查這件事，冰知將進入阿波國，信寫到這裡就結束了。

有什麼新的消息，他應該會再放白色燕子來。

夕霧把紙張粗暴地折起來塞進懷裡，盯著螢看。

「螢。」

螢把張開的大大眼睛轉向夕霧，微微顫抖著眼皮，平靜地吸了一口氣。

「我沒事……」

她知道自己沒事。她就是知道。

做幾次深呼吸後，她撫平心情，站起來。

打開木門，走到外廊，瞪著渾濁陰霾的天空。

菅生鄉靠近大海。在隔著大海的四國之地，究竟發生了什麼事？

有什麼陰謀在那裡進行？

螢滿臉嚴肅地握起了拳頭。

樹木枯萎的現象到處蔓延、使用死而復生法術的智鋪眾、宣告預言的異形。

這些一定都有關聯。

那麼，最後結果會是什麼？

怎麼想也想不出答案。

螢懊惱地咬住了嘴唇。夕霧摟著她的肩，輕輕將她靠向自己。

7

難得輪休，一天卻轉眼間就結束了。

走向九条東邊的昌浩，停下來嘆口氣。

「怎麼了？」

「沒什麼。」

這麼回應的昌浩，表情格外陰暗。

「你的氣色很差呢。」

坐在肩上的小怪歪著頭看他。

滿臉苦澀的昌浩沉吟地說：

「只是覺得要做的事太多，心靈上的養分完全不足。」

「哦？」

小怪翹起了一邊的長耳朵。

昌浩又邁出步伐，眉頭皺得更深了。

「明天工作結束後，去竹三条宮看看。」

沒特定對象地宣告後，昌浩又振作起來向前走。

「現在才想到，我還沒吃早餐。」

「早餐？現在都中午了。」

「中午也過啦，這時候該怎麼說呢？」

「說忘了吃飯就行了吧？」

小怪的意思就是不用在乎那種小事，昌浩把嘴巴撇成了ㄟ字形。

「可以去一下市場嗎？我想稍微吃點什麼。」

「隨你。」

空著肚子會沒有力氣。

走到東邊市場時，攤販都快收攤了。

市場從一大早開始，到了下午經常就沒有東西了。往來的人也少了，有點冷清。

他想找找看有沒有鹽烤香魚，但每個攤子都賣完了。

「唉，來太晚了。」

「是啊，都這個時間了。」

「肚子好餓。」

「不要跟我說。」

昌浩半瞇著眼睛埋怨，小怪也半瞇著眼睛回應他。

昌浩深深嘆了一口氣。

「我在說我的肚子有多餓，你不過是隻怪物，卻這麼冷漠。」

「不要叫我怪物。你說話根本前後不連貫啊，晴明的孫子。」

「不要叫我孫子，你不過是隻怪物。」

「不要叫我怪物。」

乍聽之下，他們似乎聊得很起勁，語氣卻很平淡，沒什麼樂趣。

徘徊了一會後，昌浩的目光停留在一個攤販上。

那裡有凳子、草蓆，還排列著很多擺著乾物的草簍子、竹簍子。主要是販賣海帶、昆布、小蝦、干貝等海產，但角落有曬乾的水果。

「啊……」

看到只剩一把的杏子乾，昌浩懷念地瞇起了眼睛。

以前，他吃過某人在市場替他買的杏子乾。在京城時常常買，但是從來沒在播磨

見過。

「在播磨時，連想要吃那種東西的時間都沒有。」

「是啊。」

小怪用力點著頭，回應昌浩的低喃。剛開始修行時，昌浩累到連身體都無法接受飲食。好不容易身體跟上了訓練的步調，終於吃得下東西了，神祓眾準備的東西卻只有米、少許的青菜、羹湯。水果要等秋天收成時，謝過山神後吃現摘的。

京城匯集了很多其他地方沒有的東西。

昌浩深深有這種感覺。

「老闆，請給我一把這個杏子乾……不，請全部給我。啊，還有這個，請分開包。」

「好的。」

頭髮斑白的老闆包好後，昌浩付了錢，接過兩包用大竹子皮包起來的東西。

一包放進懷裡，另一包邊走邊抓著吃。

「小怪，你要不要吃？」

「嗯，吃吧。」

小怪伸出了前腳，所以昌浩把那包拿到肩膀附近。小怪拿起杏子乾，注視了一會

後，咬一半慢慢咀嚼。

「嗯，好懷念啊，這個味道。」

「就是啊。」

昌浩是整顆塞進嘴裡，根本談不上細細品味。

很快就把一整包吃完了。

還是覺得不夠，但有吃總比沒吃好。

「好想吃鹹的。」

「回家後請露樹做點什麼吧。」

「嗯，可是能撐到那時候嗎？」

「撐著吧。」

「我努力。」

「真是的……」

小怪半無奈地眯起眼睛，不經意地環視周遭，歪起頭說：

「喂，你是往哪裡走啊？」

文重家在左京的九条，位於東邊郊外。

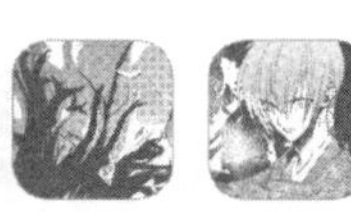

昌浩眨眨眼說：

「啊，我想先去一下朱雀大路。」

聽昌浩說昨晚遇見了黑虫，小怪蹙起了眉頭。

「又出現了？有段時間沒聽見鳴叫聲了呢。」

「沒聽說有其他人遇見黑虫呢。」

昌浩回應，小怪擺出沉思的模樣。

「那東西只會出現在陰氣特別強的地方，而大部分的人都不會靠近那種地方。」

現在，京城陰氣最強的地方，毋庸置疑就是文重的宅院。左半身被死亡的污穢侵襲的柊子，光是人待在那裡就會散發出陰氣，召來黑虫。

為了盡量避免這種事發生，她把四種樹木插在房內的四個角落，做成隱藏身體的結界。

昌浩認為她並不是為了保護她自己。

她不怕死，看樣子也不怕黑虫。

昌浩覺得她把自己關在設有守護結界的房間裡，是為了讓丈夫文重放心。

文重懇求昌浩救她，她自己卻從來沒有開口求救過。

昌浩想起了柊子說的話。

——有人企圖把死去的我們，從黃泉拉回來。

——那些人操縱的黑虫，會把生物啃光，做成傀儡。

一隻鞋的事閃過腦海。凡是看到只有一隻鞋掉落的人，都會化成白骨。那時會出現黑虫。

還有白色蝴蝶在墓地的墳墓四周飛舞。

想到這裡，昌浩忽地眨了眨眼睛。

「咦？」

歪著頭的昌浩視線飄忽不定，小怪瞇起眼睛問他：

「怎麼了？」

昌浩把手搭在後腦勺，嗯地沉吟。

「好像忘了什麼……」

「忘了什麼？」

「呃，敏次說……」

昌浩在記憶中搜尋。

白色蝴蝶的事，是聽咳得很嚴重的敏次說的。他說翩翩飛舞的白色蝴蝶，在黑暗中綻放著朦朧的光芒。蝴蝶的翅膀有隱約可見的圖騰。

那是一張臉，哀怨地看著對方。

那個畫面太強烈，害昌浩把那之前的經過都忘了。

但重要的應該不是白色蝴蝶，而是那之前的經過吧？

看到一隻鞋的人化為白骨後，被埋葬了，他們的墳墓遭到破壞。

不是被挖起來，而是像有東西從裡面爬出來才崩塌的。

是什麼東西爬出來了？

「……把生物啃光，做成傀儡……」

昌浩喃喃自語，無意識地把手伸向了右耳。

就在右耳受傷的那時，他看見成群的黑虫裡有骸骨，套著破破爛爛的衣服，只穿著一隻鞋。

那就是傀儡嗎？

如果操縱者是智鋪，那麼，他們的目的是什麼呢？

絞盡腦汁思考時，不知不覺走到了朱雀大路的八条與九条的邊界附近。

「啊，就是這附近。」

這裡就是昨晚遇見大群黑虫的地方。不過，昨晚只出現了黑虫。

雖說只有黑虫，但萬一被咬到，也可能被下卵。這可就麻煩了，即使被下了卵也很難察覺。

尤其在陰氣充斥的狀態下更難察覺，因為虫的妖氣會混雜在窒悶的空氣裡。

而在清淨的空氣中，妖氣反而會浮現出來，所以容易發現。

再加上卵只要被埋入肉裡，妖氣就會幾乎被隱藏住。

有風音那樣的敏銳度就沒問題，但要像她那樣太難了。

想到祖父應該也會察覺，昌浩就對自己不如他們、不成氣候而感到懊惱。

雖然大可說這是與生俱來的差異和經驗的不同，但還是令他焦躁。然而，再怎麼焦躁也不會加速成長。

目前穿著一隻鞋的骸骨，只會揮揮手召喚而已，所以還不用想太多。

至於白色蝴蝶，稍後再請教祖父吧。

祖父說睡著後在夢裡見。

明天要照常工作，必須早點睡，把感覺找回來。

「昌浩，昨晚到底發生什麼事？結果怎麼樣？」

小怪聽說了遭遇黑虫的事，但不知道詳情。

昌浩張大了眼睛。

「啊，對哦，小怪不在場。」

猛搔著太陽穴一帶的昌浩，想起小怪的確不在場。

昨天只有六合同行。

「我們的戒備巡視隊伍走到這附近時，遇見了黑虫。」

幸好有陰陽生日下部泰和，他把檢非違使和衛士圍在圓陣裡，徹底保護他們，昌浩才能專心對付黑虫。

「哦～哦～」附和的小怪，顯得很開心，瞇起了眼睛。昌浩注意到它的表情，詫異地歪著頭問：

「怎麼了？」

「沒有啦……想到以前你都是一個人偷偷在京城跑來跑去，現在終於可以光明正大做這種事了。」

小怪的話出乎昌浩意料之外，他眨眨眼睛說：

「說得也是……」

被它這麼一說才想到。

「因為你在播磨修行了三年，所以不管你做什麼，大家都會信服，認為你不愧是在播磨修行過。」

若不是這樣，昌浩現在說不定還是隱藏實力，在大家面前過著低調的生活。

以前頂著祖父的光環、父親的光環、伯父的光環、兩個兄弟的光環，加起來就有五道光環了。

不管昌浩本身多努力，有色眼光還是緊纏著他。甚至有人對他很不友善。

小怪說完這些話，昌浩就哈哈笑了起來。

「沒錯、沒錯，敏次就是代表人物。」

昌浩瞇起了眼睛，心想現在實在很難想像當時的狀況呢。

「敏次一點都沒變，從以前就是個非常認真的拚命三郎。只要我用心做，他就會稱讚我，做錯了，他就會告訴我做錯了。」

想起以前種種，就覺得好懷念。當時萬萬沒想到，自己會在幾年後，像這樣回顧過往。

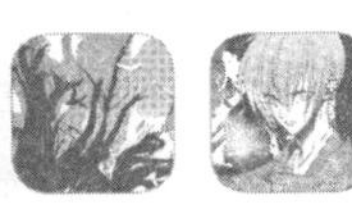

「小怪，你還曾經把敏次踢飛呢。」

「啊，好像有過，那麼久以前的事，我早忘光了。」

小怪一副不在乎的樣子搪塞過去，昌浩苦笑起來。

剛好走到了朱雀大路正中央，昌浩東張西望環視周遭。

昨晚的確是在這裡撒下了念珠。

珠子不是很大，所以還不至於妨礙行人或車子往來。儘管品質不算好，但終究是水晶，所以能找到的話，昌浩還是想撿回去。

水晶有很多用處。可以做為結界的支點、可以注入法術遠距離發動、可以調整波動除魔。

「如果散得很開，要全部撿回來很難吧？」

「嗯，沒錯……啊，找到了。」

發現有幾顆水晶半埋在土裡，昌浩撿起來拍去沙子。

「……」

他的表情突然變得嚴峻。

手裡的珠子被他啪地扔到地上。

坐在他肩上的小怪也豎起了全身的白毛。

他後退一步，瞪視著被自己扔出去的念珠。

「怎麼會這樣？」

念珠被注入了難以形容的負面意念，原本透明的珠子變成灰色，渾濁不清，處處可見龜裂。

確定四周沒有人，昌浩用力拍手擊掌。

銳利的聲響劃破大氣，滾落地面的念珠同時碎裂。

不只那些肉眼可見的珠子，連埋在土裡或髒到看不見的珠子，也都碎裂成粉末，四處飛散。

水晶是大地的東西，所以碎裂成粉末後會與土地同化。形狀改變了，負面意念就會脫離，丟著不管也沒關係。

但是——

小怪的長耳朵動了起來。

「連道路很下面的地方都有聲音。」

夕陽色的眼睛凝視著地面。

昌浩單腳跪下，把手貼放在地面。

地面粗糙不平的觸感傳至皮膚。很久沒下雨了，所以表面摸起來乾巴巴。

他摸摸珠子的碎片，發現剛才的陰森意念完全消失了。

「我一直很在意，原來是因為這樣。」

平常，念珠被扯散後，任務就結束了，丟著不管也沒關係，昨晚昌浩卻一直很在意這些念珠。

水晶可以用來做好事也可以用來做壞事。注入好的氣，就會成為護身符，注入負面的氣，就會召來邪惡的東西。

「糟糕，應該更小心選擇道具。」

現在的京城有陰氣沉滯凝結。想也知道，把容易被感染的水晶珠子扔下不管，會感染陰氣。

昌浩很沮喪，小怪用尾巴溫柔地輕拍他的背部。

昌浩瞥它一眼，默默點個頭說：

「才一個晚上，就染上了這麼強烈的負面意念，可見陰氣有多濃烈……必須拿出毅力來處理這件事才行。」

黑虫是在濃烈的陰氣中，由陰氣凝聚而成的具體呈現，要如何才能消滅這樣的黑虫呢？

不設法清除柊子散發出來的死亡污穢，黑虫就會一再被污穢召喚而來。

昌浩環視朱雀大路一圈，確定散落的念珠全都碎裂，應該不必擔心了。

——在自己來到這裡之前，一定有誰先來做過什麼。

昌浩似乎聽見從哪傳來了這樣的聲音，不由得掃視周遭。

倘若只是突然閃過的思緒，感覺也未免太沉重了。

昌浩嘆了一口氣。

「走吧……」

文重的宅院在九条的郊外。從這裡過去，大約要兩刻鐘才能到。

想到那時候已經是黃昏，昌浩內心就浮現陰霾。

看到文重無所事事地站在九条宅院前，昌浩的神經就緊繃起來了。

而文重看見昌浩，臉色頓時亮了起來。

好久不見的文重，臉頰消瘦凹陷，宛如病危的病人。

「安倍大人、昌浩大人……！你能來，真是太好了……！」

在昌浩面前深深低下頭的文重，全身纏繞著苦悶的氛圍。

「請你務必救救我的妻子……救救柊子！她是我的寶貝，有她在，我才有辦法活下去。」

面對邊懇求邊微微顫抖著的文重，昌浩平靜地說：

「請讓我跟夫人談談。」

「當然可以，請進。」

上次來拜訪時，昌浩就注意到這座宅院只有文重和柊子兩個人。

文重曾經出任阿波國最高首長，擁有充分的財富，不可能沒有管家、雜役、侍女等下人，如今他家卻完全沒有其他人的氣息。

昌浩好奇地詢問，文重無奈地笑了起來。

「因為趕著離開阿波，所以把他們都留在那裡了。」

主人突然要趕回京城，下人們都很困惑，但也只能聽從管家的指示。文重發給在當地雇用的人一筆錢，解雇了他們。以前就跟著他的人被暫時安排在他的親戚家，說好等新的宅院決定後再把他們找回來。

昌浩發現文重身上的衣服也有點髒。

替丈夫梳理打扮，原本是妻子的責任。通常是由夫人掌管家務，由管家直接指使下人們。

安倍家的身分沒那麼高，所以家裡沒有下人。必要時，祖父的式會幫忙做事。

昌浩小時候，以為每個家庭都是這樣，所以知道其他家庭不是這樣時，多少有點受到打擊。

哥哥成親結婚，搬進參議家後，他才知道一般尋常貴族的生活實情。

但成親那裡又不太一樣，因為岳父是參議，在貴族中的身分也算高，所以有很多的雜役和侍女。

二哥昌親告訴過他，跟大哥做比較會產生種種誤解。

所以對昌浩來說，所謂一般貴族的家庭生活，是以二哥為標準。

文重是藤原一族，與攝關家關聯很深。會被任命為一國首長，想必也擁有相當的身分地位。

昌浩看得出來，這個男人是為了一個女人拋棄了所有一切。

他或許也不希望有這麼一天，但照這樣下去，文重的生命之火很可能比柊子更早

熄滅。

九条的宅院給昌浩的整體印象，比上次來拜訪時更加灰暗了。

坐在肩上的小怪，從剛才到現在一句話也沒說。透過狩衣可以感覺到，小怪全身緊繃，高度警戒。

上次壞掉的板窗只簡單地做了修繕，不過這座宅院原本就十分老舊、腐朽不堪，可能是所有事解決後就要離開，所以只做臨時處理吧。

柊子的房間入口緊緊鎖住了。

「柊子，安倍大人來了。」

房內傳出微弱的聲響。

隔了一會，響起纖細的嗓音。

「你來做什麼？我不是說過我要任由這個身體腐朽嗎？」

「柊子！」

文重大驚失色。

「妳在說什麼！放心吧，安倍大人是那位安倍晴明大人的孫子，一定可以找到救妳的方法！」

「不，文重哥，我不該死而復生。這個身體如果被黑虫占據就完了——必須讓這件事結束。」

「等等……！」

文重驚慌地攀附著木門。

「我想救被病魔折磨的妳，不管用什麼手段，我都不想放妳走。」

男人帶著顫抖的語氣，沉重地、強烈地打動了昌浩的心。

「妳沒了父母，又失去妹妹，我發誓會永遠陪在妳身旁，卻在……卻在妳最痛苦的時候……」

說到這裡，文重痛苦不堪地垂下了頭。

這時候，從裡面傳來平靜的嗓音。

「沒有等你回來，是我不好，文重哥，你一點都沒有錯。」

昌浩完全沒辦法介入兩人的談話。

他正疑惑是怎麼回事時，文重想起昌浩的存在，把無助的目光轉向了他。

「我……因為無論如何都必須處理的任務，離開了幾個時辰，她就是在那時候……」

就在那個冬日。

柊子大量吐血，停止了呼吸。

完成工作，急匆匆地趕回來的文重，面對的卻是眼眶泛紅的侍女們。

他無法相信，衝進了柊子的房間。在那裡，他看見柊子歷經痛苦折磨後，終於得到解脫的痕跡。

平時總是梳得整整齊齊，擺在收納盒裡的長假髮，凌亂地披散著。因為長期生病而失去光澤的頭髮蜿蜒起伏，彷彿在阻止文重靠近她。

文重低頭看著動也不動的柊子，眼睛連眨都沒眨一下。

她從來沒有讓文重看過她痛苦的樣子。

凌亂的墊褥和外褂沾滿鮮血，她身上的單衣也從脖子以下都被染成了紅色。

完全沒有血色猶如屍蠟的嘴唇，黏著血泡。

消瘦凹陷的臉頰令人心痛。管家顫抖著肩膀說，她可能是最後不能呼吸悶死的，因為斷氣時她的手抓著脖子。

她結束痛苦，是在文重剛到家的那一瞬間。

觸摸她的肌膚，還非常溫暖。

文重立刻交代他們備車，抱起柊子衝出了宅院。

之前他告訴柊子馬上就會回來，柊子還對著他微笑。笑著說我會等你，你要快點回來哦。

說會等待的是柊子。然而，讓她等那麼久的是自己。

文重好想再聽到柊子的聲音。

好想聽到她說：

你回來了啊。

也好想再見到她出來迎接自己時的開心笑容。

只為了這樣，文重吩咐下人駕車，趕往高舉「智鋪」牌子的人那裡。

那是一座沒有人繼承的頹圮寺廟。智鋪眾入住後做過整修，但太久沒有人住了，還是瀰漫著異常幽暗的鬱悶氛圍。

對那種氛圍感到害怕的下人們不敢踏入門內。文重交代他們在外面等，自己抱著柊子匆匆往更裡面走。

就在這段時間，柊子的身體逐漸變冷了。

當靈魂之繩完全被切斷時，她就再也回不來了。

文重沒有預約就來了，智鋪眾卻二話不說把他接進去了。

他們說知道文重會抱著妻子來。

沒多久，用布遮住臉的男人悄悄從裡面走出來。其他人都稱他為祭司。

傳說這個男人會療傷、會治病，還能創造讓死人復活的奇蹟。他看一眼躺著的柊子，搖了搖頭。

他說太遲了。

文重倒抽了一口氣，緊接著發出怒吼聲，要衝上去抓住男人。

不知何時繞到左、右邊的男人，制止了文重。他們的手都細得很不正常，卻能輕而易舉地制伏使盡全力大鬧的文重。

大鬧好一會後，文重淚如泉湧，哭倒在地。

他不停地叫喚妻子的名字，宛如只認得那幾個字。祭司藏在布後面的眼睛，直直注視著他。

感受到那股將人射穿般的強烈視線，哭得唏哩嘩啦的文重緩緩抬起了頭。

他的臉毫無血色，面如土灰，臉頰消瘦，凹陷的眼睛炯炯發亮，勉強才撐住了快發狂的意志。

祭司向前一步，從布下面發出低沉的聲音。

——你為什麼這麼需要她？

文重搖著頭說：

你不會了解的。我不懂得生活，只知道努力工作，到這年紀都沒娶妻，是她溫柔地包容了我。

我只有她，只有她一個人。她失去了所有的親人，仍然堅強地活著。我想成為她的依靠。我想成為她的港灣。如同她對待我那般，我也想給她同樣的待遇。

文重對她的感情，用「摯愛」這兩個字也不足以形容，而她對文重也付出了相同的感情。

若是有所謂命中注定的人，那就是她。

都一大把年紀了還這麼想，太丟臉了，所以文重從來沒有對她說過。

文重看出柊子心中似乎有什麼祕密。他當然很在意，但一直假裝不知道，想等到哪天柊子自己告訴他。

但是，那一天永遠不會到來了。

他原本想找一天問柊子的真名，想叫喚她的真名。

現在永遠沒有機會了。

祭司下令放開因絕望而氣喘吁吁的文重。

被男人放開後，文重還是不肯走開。

柊子躺在鋪著黑布的細長台子上，靜靜閉著眼睛。

她的嘴唇還黏著血泡，要替她擦乾淨才行，不然太可憐了。

文重茫然地這麼想，把手伸出去，但被祭司制止了。

——應該還叫得回來。

他在說什麼？文重一時無法會意。

愣愣地抬起頭，就看到祭司對旁邊的男人下了什麼命令。

男人們無言地回應，拿來門板，把柊子移到門板上，抬進去裡面了。

眼睛布滿血絲的文重大叫：「你們要帶她去哪裡！」

祭司攔住他，淡淡地告訴他：

——七天後你再來這裡。

說完這句話，祭司就進去裡面了。

文重聽從他的指示。

下人們看到主人一個人搖搖晃晃地回來，大吃一驚。有下人問他：「夫人在哪裡？」他說七天後再去接回來，那個人就沒再問了。

回到家的文重，眼睛閃爍著異樣的光芒，看到他的人都啞然失言。

他直奔妻子的房間。

在他出門後，侍女把柊子的房間清理乾淨了，血跡也都不見了。

啊，太好了，駭人的死亡陰影消失了，這樣柊子就能復生了。

文重喃喃自語，環視房內，天真地笑了起來。

看到主人失去生氣，宛如死人，管家擔心地勸他休息。但這七天，他沒一天睡著。

到了約定的日子，他拚命壓抑緊張的心情，前往智鋪眾那裡。

那座寺廟的空氣更晦暗了。

文重比七天前更虛弱，他拋下害怕得不能動的下人，快步往裡面走。

跟那天一樣的男人來接他進去。

男人把他帶到裡面一間沒有點燈的漆黑房間，叫他在那裡等著。

他聽從指示，坐在地上等著，就聽見從某處傳來鳴叫般的聲響。

過了一會，他聽出是某種拍翅聲。

微弱的鳴叫聲逐漸增強。黑暗中沒有風，卻感覺有東西在飛。

不可思議的是，他完全不害怕。

只覺得有種奇怪的虛脫感，不覺地闔上了眼睛。

不知道經過了多少時間。

醒來時，眼前點了一盞燈。

用布遮住臉的祭司站在搖曳的火焰前。

他屏氣凝視，看到火光中有個黑點晃過。

有蟲在飛嗎？

太稀奇了，現在是冬天最冷的時候呢。

他茫然想著這些時，祭司動了起來。

穿著深色衣服、用同樣顏色的布遮住臉的祭司，把身體往旁邊挪動，後面站著一個穿白色單衣的女孩。

空虛的眼眸似乎看著搖曳的火焰。

祭司對文重說：

——最後的修飾，需要你的協助。

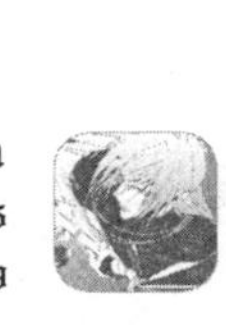

文重回說我能做什麼呢？

火焰輕輕搖晃，應該在遠處的拍翅聲，似乎越來越強了。

燈火照不到的地方，有無數的什麼東西飛來飛去。

但文重完全沒興趣知道那是什麼。

妻子不堪病魔的折磨，虛弱到全身都沒有肉，容貌整個改變了。

眼前的女人，卻有著豐腴圓潤的臉頰，手腳、身體也都恢復豐滿了。

但面無表情，空虛的眼眸如冰般凍結。

要恢復原來的她，必須做最後的修飾。

忽然，文重的背部一陣刺痛。接著，有東西從體內深處頂上來，他不由得摀住了嘴巴。

低沉、悶重、劇烈的咳嗽衝出了嘴巴。

文重承受不了幾乎令人窒息的衝擊，閉上了眼睛。

這樣過了一會，他覺得有團東西從胸口湧上脖子。

每咳一次，那團東西就往上爬，最後穿過了喉嚨。

嘴巴發出喀喀聲響，那團東西與咳嗽一起被吐了出來。

火焰搖曳。

從文重嘴巴吐出來的東西伸展開來，翩然飛起。

那是綻放著淡淡白光的蝴蝶。

8

有東西騷然喧囂。

『……』

在某個地方。

在某處。

在這裡。

——有東西。

◇　◇　◇

昌浩屏氣凝神地聽完文重的敘述，驚愕地瞪大了眼睛。

「……咦……」

他不由自主地低喃。

剛才文重說什麼東西從嘴巴跑出來了……？

他全身起雞皮疙瘩，不禁懷疑自己的耳朵是不是出了問題。

小怪夕陽色的眼眸炯炯發亮，它坐在目瞪口呆的昌浩肩上，全身的白毛倒豎了起來。

它動動耳朵，用尾巴拍著昌浩的背。

從某處傳來微弱的拍翅聲，伴隨著奇妙的嘈雜聲。

太突然了，剛才明明沒有任何動靜。

很快環視周遭一圈的小怪，耳朵被帶著慘叫的質問穿刺。

「你……你說什麼……?!」

是柊子的聲音，來自木門後面。

聲音非常靠近，可見她是緊靠在門的背後。

文重緩緩抬起頭，望向應該是在那裡的妻子。

「當那隻蝴蝶……被吸入妳的胸口的時候……妳看著我，開心地笑了起來呢……柊子……」

難以形容的悲痛叫聲在木門後面震響。

可能是想起了當時的事，文重的眼睛含著淚，露出幸福的微笑。

「柊子?!」

文重搖搖晃晃地站起來，敲打緊閉的木門。

「怎麼了?柊子，妳沒事吧？」

不斷傳出來的慘叫聲，讓文重十分不安。

他轉頭對著昌浩大叫：

「安倍大人，快來幫我！」

他邊叫邊離開木門，再衝過去用身體撞堅硬的木門。這是座老舊的宅院，木材經過漫長的歲月，應該有些腐朽了，卻不知道為什麼文風不動。

使出全力用身體撞門兩、三次的文重，漸漸站不穩，臉色發白。

昌浩把他推開。

「不要阻攔我！」

「沒用的，這扇門靠力氣是打不開的。」

可能是柊子施加了法術。不解除法術，木門就會像岩壁般堅固，阻擋入侵者。

昌浩結起刀印，把刀尖抵在額頭上。

他找到注入木門的力量波動，擊出靈氣，抵消了那股力量。

響起乾澀的聲響後，木門的法術消失了。

昌浩輕輕一推，木門就動了。

文重撬開縫隙，一溜煙鑽進去了。

「柊子！」

打開木門的昌浩，看到雙手掩面癱坐在地上的柊子，還有緊緊抱著她的文重。

柊子抖得很厲害，哭得死去活來。

不論文重怎麼呼喚，她都只是搖著頭，抽抽噎噎地哭泣。

走進房間裡的昌浩，發現插在四個角落的樹木都枯萎了。

他仔細地環視房內，看到通往外廊的木門敞開了大約一呎。

拍翅聲是從那裡傳來的。

柱子與木門的縫隙間，隱約可見黑色的小身影。黑虫正伺機而動。

「是妳自己打開了門？」

不是詢問，是確認。

柊子顫動一下肩膀，甩開丈夫的手，搖搖晃晃地跑向木門，用力關上了門。

小怪清楚看見，有幾隻黑虫在門關上之前溜進來了。

「昌浩！」

昌浩倒抽一口氣，拍落發出低沉的鳴叫聲直撲過來的黑虫。

進來了五隻。起初只像黑點般的黑虫，逐漸膨脹起來，變成猙獰的黑色馬蜂。

拍翅聲又重又響，好幾個聲音重重交疊，形成迴音。

黑虫每拍一次翅膀，就會散布陰氣，陰氣掉落地面就會沉滯凝聚。

就這樣，到處出現的凝聚陰氣如污漬般覆蓋地面，轉眼間就向四面八擴散開來。

不只地面，連牆壁、天花板都被凝聚的陰氣覆蓋，沒多久就把所有東西都染成了黑色。

空間變形了，被壓扁、延展、扭擰彎曲。

拍翅聲隨處響起，迴音繚繞，陰森地傳開來。

文重抱著柊子，發出慘叫聲。

「安倍大人，救命啊！請救救柊子、請救救柊子……！」

柊子卻從他懷裡掙脫出來，悲痛地大叫：

「請救救文重哥！求求你……」

拍翅聲大大鼓脹起來，向四周擴散的黑色凝聚體爆破四散。

那些碎片一片片都變成黑虫，向文重和柊子聚集。

兩人發出了慘叫聲。

昌浩衝過去，背對他們，單腳跪下，很快用刀印畫出了五芒星。

「禁！」

包圍自己的結界瞬間形成。

突然被彈飛出去的黑虫，發出更沉重的拍翅聲再次衝向壁壘。

昌浩拍手擊掌，眼前的一團黑虫被拋飛出去。但另一群很快又鑽進來，把視野覆蓋成黑壓壓一片。

從昌浩肩上跳到他旁邊的小怪，回頭看了文重一眼。

「昌浩，用結界把他們圍起來。」

「你呢？小怪。」

「我要解決它們。」

知道它要做什麼，昌浩慌忙結起了手印。

就在靈氣的漩渦包住三人的同時，灼熱的鬥氣從小怪的身體冒出來，化成白色火焰龍。

包圍他們的黑色凝聚體被火焰燒到後就爆開了。

響起黑曜石相撞般的聲音，硬化的陰氣冒出黑煙，嗶嗶剝剝燃燒起來，撒落黑色煤灰。

昌浩發現那是比隨風飄揚的灰塵更小的虫子，立刻用袖子摀住了小怪的口鼻。

「你要笨啊?!不用管我，保護你自己！」

被怒罵的昌浩，趕緊用袖子摀住自己的口鼻。

文重和柊子也用袖子遮住嘴巴。

紅蓮迸發的灼熱鬥氣，擊退黑虫，燒光了所有黑虫散發出來的陰氣。

火焰突破了凝聚之牆，把黑虫通通趕出了宅院。

木門和板窗被彈飛出去，發出聲響滾落在草木叢生的荒涼庭院。

昌浩察覺那些樹木騷然不安。
樹木半枯萎了，雜草也染上了枯萎的顏色。有東西在那下面鑽動。
微微傳來窸窸窣窣的聲響，像是非常非常微弱的鳴叫聲。
與黑虫的拍翅聲完全不一樣。
回想起來，好像一直聽見這個聲音。
斑駁枯萎的雜草，奇妙地震顫著。
黑虫釋放出來的陰氣往下淌，掉落在雜草縫隙間，發出難以形容的聲響。
是呻吟聲？是鳴叫聲？不，這是——

『……………………………………………………………………哉。』

剎那間。
昌浩全身一陣戰慄。
噠噗的黏稠聲攀附在耳朵。
愕然張大眼睛的紅蓮，擋在不由得往後退的昌浩前面。

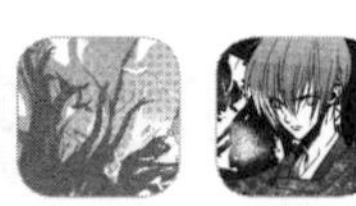

「不會吧……」

昌浩難以置信，下意識地低喃。水滴濺開來，彷彿在回應他。

如黑膠般蠕動的東西，從凝結碎裂的陰氣底下伸出來。

那東西畫出曲線倒了下來，數不清的臉黏在表面上，盯著昌浩他們，同聲唱起歌來。

『……………………………………………………………………已矣哉。』

角落被恣意生長的枯草覆蓋，啵叩一聲鼓漲起來。

昌浩使盡全力，把驚愕到閉不起來的眼睛轉向那裡。

很久沒整理的庭院深處，有座勉強還有點水的水池。

昌浩目不轉睛地看著一大團東西從那裡爬出來。

淌著綠色渾水冒出來的東西，是屍櫻世界的獨眼妖怪。

不只一隻，而是接二連三地爬出來。

它們一出現，就吹起了屍櫻世界的風，性質與人界不同。

「為什麼……！」

不知道為什麼，那座水池現在成了屍櫻世界與這裡相連接的通道。

不是自然連接的。

是某人刻意鋪設了連接這塊土地與那塊土地的道路。
妖怪出現後，又溢出了膠的邪念。
剎那間，邪念覆蓋地面，爬上外廊，逼向了他們。
昌浩的結界形成了壁壘，但邪念會把生氣、靈氣、甚至神氣通通吃光，結界很快就會被咬破。
怎麼辦？
看到無法想像的妖怪出現，文重和柊子全身僵硬。
「文重、柊子，振作點啊！」
聽見怒吼聲，文重和柊子才回過神來，抬頭看昌浩。
昌浩邊保護他們，邊在懷裡搜尋有沒有東西可以用。
指尖碰觸到用竹皮包起來的東西，昌浩屏住了氣息。
有用嗎？
「做總比不做好。」
他拿出那包東西，割破竹皮，抓起裡面的東西拋向邪念。
原本開心地重複著那句話的邪念波濤，發出尖叫聲向後退，就像翻觔斗般化成高

浪，爭先恐後地跳進小水池裡。

看到膠的波浪發出笨重的水聲，消失了蹤影，昌浩驚嘆地說：

「有用呢……」

負責對付五頭妖怪的紅蓮，從手中放出了深紅的火蛇。

張開大嘴的火蛇，把衝過來的妖怪一口吞了下去。

變成火球的妖怪，邊掙扎著甩開火焰，邊繼續往前衝。

紅蓮滑入直直衝向昌浩的妖怪前面，使出全力抓起妖怪的龐大身軀拋出去。

那隻妖怪撞上了後面的妖怪。火焰變成長槍，同時貫穿了兩頭妖怪。白色火焰從體內噴出來而痛苦掙扎的妖怪，被紅蓮打落進連接尸櫻世界的水池。

還剩三隻。

其中一隻趁紅蓮轉身時，從旁邊撞過來。

紅蓮用手肘撞擊妖怪的鼻頭，再掄起妖怪被撞得凹陷變形的頭部，使出渾身力氣轉圈子，拋向剩下兩隻的腳。

來不及閃躲而跌倒的那隻，藉由衝力彈跳起來，靠後腳蹬地，跳進了宅院裡。

「糟糕！」

紅蓮想追上去，但被另一隻咬住了肩膀。

看到整塊肉被咬掉，紅蓮皺起了眉頭。

紅蓮的金色雙眸燃燒著怒火，他一把抓住妖怪的脖子，勒緊捏碎，再把火蛇塞進怪物的嘴巴裡。

咬破肚子衝出來的火蛇，噴著深紅色的火焰飛起來。

視線下意識地追著火蛇跑的紅蓮，看見一道銀色閃光。

「碎破！」

妖怪被昌浩的神咒彈飛出去，巨大的身體翻個觔斗後摔落地面。在庭院一個翻轉跳起來的妖怪，看著昌浩笑起來。

『好像很好吃。』

就在昌浩毛骨悚然的瞬間，吹來一陣風，一舉貫穿了妖怪的頭頂。

在火光的照耀下，銀槍的槍尖閃閃發亮。

「六合！」

昌浩想要衝下庭院，被紅蓮的手攔住了。

六合把長槍從妖怪頭頂拔出來，把槍尖轉個圈。

妖怪的頭被砍飛出去，邊轉動邊揮灑血沫。

轟隆一聲倒下來的身體，被紅蓮拖走，丟進了水池裡。六合看到他那麼做，大約猜到是怎麼回事，也把槍尖刺進妖怪的頭舉起來，同樣扔進水池裡。

膠的邪念大概是經由通道逃走了，沒有半點蹤影。

昌浩搜索氣息，確認都不見了，才喘口大氣，把肺裡的空氣全吐光。

「它們怎麼會……」

額頭現在才冒出了冷汗。

紅蓮按著被咬掉一塊肉的右肩，臭著臉對六合說：

「你怎麼在這裡？」

「我察覺到氣息。」

原來如此。

光那麼說，紅蓮就理解了，變回小怪的模樣。

要使用前腳時，右邊使不上力，害它差點向前撲倒。六合及時伸出手，把它從脖子抓起來。

「不要逞強。」

「我才沒逞強呢。」半瞇起眼睛叫嚣的小怪，爬到六合肩上，憂慮地說：「那些妖怪的妖氣比以前更強了。」

「是啊。」

這麼回應的六合，眼神也帶著緊張。

不知道為什麼，那些妖怪偶爾會出現在人界。每出現一次，他們就擊退一次，但今天出現的妖怪，身軀大小、臂力都遠遠超越了以前那些妖怪。

昌浩小心翼翼地靠近水池邊。

枯萎到慘不忍睹的雜草，乾扁得像剛度過冬天。剛才明明還有一半的生氣，儘管顏色斑駁，也還是綠色。

尸櫻的花瓣瞬間枯萎、乾掉的模樣，掠過心頭。

水池的底部整個脫落了。原本還有少量的水，現在都流光了。

昌浩蹙起了眉頭。

「是因為紅蓮的鬥氣嗎？」

是他把妖怪打回尸櫻世界時，用力過度，把底部撞破了吧？

「不愧是最強的一個。」

喃喃說完後，忽然想到這是勾陣很可能會說的話。

昌浩眨眨眼睛，扭頭說：

「六合，你怎麼在這裡？」

又被問了同樣的話，六合輕輕嘆口氣回答：

「我察覺到它們的氣息，而且……」

說到這裡，他稍作停頓，環視周遭。

庭院的樹木、雜草完全枯萎了。拂不去的陰氣凝聚還殘留在這裡，攀附各個角落。

「陰氣非常濃烈，明明沒有風，大氣卻陰森森地騷動著。」

昌浩的背脊一陣寒意。

不只邪念，黑虫散發出來的妖氣也煽動了京城的陰氣。

坐在六合肩上的小怪，忽地瞇起了眼睛。

它要求六合放它下來，六合就把它放到地上。

為了不讓體重壓在右前腳上，它歪著身體向前走，把鼻子湊近掉在地上的東西，聞到淡淡的香甜味。

小怪動動耳朵，眨了眨眼睛。昌浩在它旁邊蹲下來，懊惱地垂下肩膀。

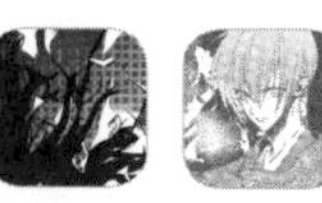

「啊—啊—本來想等一下再吃呢。」

已經沾上泥土，還碰觸過邪念的果乾，再怎麼樣也不敢吃了。

昌浩猶豫地伸出手，擺在果乾的上方偵測，發現沒有陰氣也沒有妖氣了。

「也應該不會有啦。」

總不能讓這些果乾散落各處，所以他把扔出去的果乾全部撿起來，再以等間隔的距離圍住整座宅院，以防萬一。

屏住氣息看著這一切的文重，戰戰兢兢地問：

「那是……？」

昌浩回頭對他說：

「這是桃子，桃子乾。來這裡之前，剛好在市場看到，就買了。」

原本是買來等辦完事後要大快朵頤，卻意外在關鍵時刻派上了用場。

很久沒看到，覺得懷念就買了，沒想到會這樣幫上自己的忙。

用來包圍宅院，數量稍嫌不夠，所以昌浩把最後一顆桃子乾壓碎，撒在地上，再從那裡走回起點，連成一條線，拍手擊掌，輕聲唸誦祭文。

「謹請神明速速殲滅邪惡之物。」

邪惡之物若意圖闖入桃子乾圍成的壁壘內，就會觸犯桃子乾的神意，被速速殲滅。桃子可以除魔的說法，源自遙遠的神話時代。

因為有這些桃子乾，充斥宅院的陰氣被清除得乾乾淨淨。

呼吸好久沒這麼順暢過了。

昌浩知道還有其他幾個地方也是現在這樣的空氣。

那就是靈峰貴船的神域、有祖父與天空翁的結界保護的安倍家、竹三条宮。

昌浩想起在竹三条宮當侍女的她。以前，她曾經在市場買杏子乾、桃子乾回來，開心地笑著說要給昌浩吃好吃的東西，眼睛閃閃發亮。

每當往日情景掠過腦海，昌浩的臉頰都會不自覺地放鬆。

在旁邊看著昌浩的六合與小怪，看就知道他在想什麼，一方面感到欣慰，一方面也替只能回想過去的兩人感到悲哀。

六合與小怪都認為，就算只會是一場夢，也可以幻想未來，他們兩個當事人卻從一開始就連幻想都放棄了。

所以，沒有人敢說什麼，因為這是他們兩個當事人的決定。不管任何人說什麼，都沒有意義。

「明天去陰陽寮前，先去一趟市場吧？」

邊輕聲嘆息邊這麼喃喃自語的昌浩，察覺一股視線，扭過頭看。

是柊子直盯著他看。

對付突然出現的黑虫、邪念、妖怪，已經把昌浩累壞了，但他來這裡的目的是找柊子。

在丈夫的攙扶下，柊子搖搖晃晃地站起來。

「安倍大人……」她用悲哀的眼神看著昌浩，終於下定決心說：「求求你……求求你救救他……救救文重哥，救救他的魂虫……」

看她的表情快哭出來了，卻絕不讓淚水掉下來。剛才明明哭得唏哩嘩啦、哭得涕淚縱橫。

「求求你，在完成這個心願之前，」她彷彿要甩開什麼似的閉上眼睛，用力扯開喉嚨，堅定地說：「我不能死。」

吹起了一陣風，彷彿在呼應她的話。

烏雲低垂覆蓋著天空，依然沒有陽光照耀。

野生的生物卻還是能靠本能，知道太陽在哪裡。

昌浩的眼角餘光瞄到最後一隻烏鴉。牠發出悲戚的叫聲，直直飛過黃昏結束後，逐漸披上夜色的天空。

被爆炸衝擊撞飛的木門和板窗已經嚴重損毀，不能修理了。

小怪繃著臉，看著文重和六合撿回來立在外廊上的木門和板窗。

雖是偶發事件，但第一次也就罷了，這是第二次破壞了人家的宅院。

看著板窗好一會的小怪，深深嘆了一口氣。

「晴明在的話，會被臭罵一頓……」

隱形待在一旁的六合，似乎無言地點著頭。

小怪的嘴角更加陰鬱了。這是自己的錯，被罵也沒辦法，但追根究柢，禍源應該是在室內攻擊他們的黑虫、邪念和妖怪吧？

沒錯，它們才是禍源。它們攻擊時不會考慮時間、地點，所以，為了防禦而迸發出來的神氣，難免會破壞宅院。就某方面來說，這是不可抗力，為了存活下來，沒有其他選擇。

所以，都該怪它們。

小怪作完這樣的結論，馬上轉換心情向前看。

隱形的六合聽完小怪滔滔不絕的意見，心想：

基本上沒有錯，但很難苟同。作這樣的結論，真的對嗎？

小怪從他的神情察覺他在想什麼，甩個尾巴說：

「不用想太多，我自己也知道是詭辯。」

《是嗎？》

「是、是。」

昌浩和柊子待在其他房間。

談眾榊和智鋪眾。

希望能從她那裡聽到必須知道的事、應該知道的事、自己想知道的事等等。

小怪瞪視著損壞的木門，心裡想著其他事。

從柊子嘴裡出現了「榎」這個姓氏。長久以來，這個姓氏一直輕輕地勒住小怪和紅蓮心底最深處的弱點。

如同昌浩每天都會作惡夢那般，小怪察覺自己也會在無意間回溯過去的記憶，會察覺就代表心靈一直都面向著那裡。如同水向下流那樣，頭腦放空時，思緒就會自然

沉入黑暗的深淵。

有些事會記得，有些事不會記得。不想記得的事，很多都不會記得，對紅蓮來說，這或許是一種救贖。

不記得不表示不願想起來，最貼切的說法，恐怕是記憶本身不在自己體內。

以前，紅蓮的手曾被人類鮮血染紅過兩次。

當時，控制身體的不再是自己的意志，自己就像站在遠處，迷濛地看著雙手沾染上鮮血。

然而，不可思議的是，這個身體卻記得所有血的腥味與濕黏的觸感，以及肉的溫度與彈性。

因為身體記得，而那些感覺在心裡塑造出了記憶。

所以紅蓮知道所有的事，卻有記得的部分和不記得的部分。

「……」

小怪嘆口氣，轉過身去。

這時候，與靠著牆呆呆望著庭院的文重，視線交會了。

雖然說是交會了，但文重看不見人類之外的東西，所以那只是小怪的感覺。

小怪從他旁邊經過，正要走向昌浩那裡時，被文重的悶咳止住了腳步。

文重發出咻咻聲咳了起來。可能是光吐氣沒有吸氣的關係，臉逐漸發白。

小怪仔細觀察文重的狀況，心想如果咳得太嚴重，最好去通知柊子。

過了一會，好像緩和了，臉色蒼白的文重喘了一口氣，按著胸口，做個深呼吸，確認是不是停止了。

垂下頭，深深吐口氣後，文重站起身來。

看樣子，他是想修理損毀的木門和板窗。

無限的罪惡感湧上心頭的小怪，考慮要不要幫他。

正默默煩惱時，現身的六合抓住小怪的脖子，把它舉了起來。

「他應該是想一個人思考吧。」

文重也知道，破成這樣是修不好了，但就是非做點什麼事不可。

小怪和六合也知道。

這種時候，最好一個人獨處。

神將們離開後，他專注地做著修復的工作好一會，把彎掉的木框扳直、仔細地拔掉破損的板子上的木刺。

工作時，他臉上沒有任何表情。

修理板窗鉸鏈時，他忽然露出想起什麼事的表情，停下了手，把滾落房內一角的燈台拿過來添上油，點燃了火。

火一點燃，便照亮了完全漆黑的外廊。

他跟沒有火光的時候一樣，又以沉穩的動作開始修理板窗。

燈台的火焰搖曳。

在搖晃的火光中，文重忽然把身體彎成了く字形。

從他摀住嘴巴的手，溢出悶重的咳嗽。

咳個不停的他，把手從嘴巴移開，靠近燈光看。

乾燥蒼白的手掌上，沾著紅色的斑斑點點。

文重用力握起手掌，咬住了嘴唇。

9

◇　◇　◇

張開眼睛，就看到盛開的花朵飄落。

昌浩不由得往後退。

「這……」

這畫面實在太刺激心臟了。

他慢慢往後退，把視線從紫色櫻花移開。

儘管知道是怎麼回事，還是不想看到這種畫面無預警地冒出來。

「沒辦法，夢本來就不能自己掌控。」

昌浩垂下肩膀喃喃自語，漫無目標地跨出了步伐。

說好在夢裡見，所以昌浩一回到家就睡了。

不太記得是什麼時刻回到家的。

總之就是很晚了，所以父母都睡著了。

想到連晚餐都錯過，讓他一時有點沮喪。但回到房間，就看到裡面擺著用竹葉包起來的飯糰。

母親對他的關懷，讓他開心到好想哭。

去祖父的房間時，看到平時都躺著的勾陣，難得爬起來了。

昌浩問她不用睡覺嗎？她說神氣慢慢復原了。

可能是因為祖父醒來了，所以神氣不會再被尸櫻的世界剝奪了。

漫無目的地走著的昌浩，閉緊了嘴巴。

對，就是尸櫻。

九条宅院那條通道，是暫時的連接吧？

與柊子談完，要離開宅院前，昌浩又去水池確認過一次。水全部流光的水池被撞出一個大洞，凹陷下去，露出了下面的土。因為過了一段時間，所以顏色都變了。

變化就只有這樣，感覺不到邪念的妖氣和怪物的妖氣。

因為布設了桃子的結界，所以也不可能有妖氣殘留。但結界內的水池，如果再與

尸櫻世界連結，一定會再出現異樣的氣息。

稍微觀察一會後，昌浩對水池施行了法術。

他畫出四縱五橫網，把網固定在空間裡。有了這個網，即使世界相連接，那邊的東西也會被阻擋，無法過來這邊。同樣的，這邊的東西也去不了那邊。

也就是封鎖了通道。

昌浩認為，既然有人刻意鋪設連接兩個世界的通道，那麼阻斷這條通道，就是自己身為陰陽師的責任。

通道的連結絕對不是什麼好事。跟其他世界沒有交集，才能維持均衡。一旦連結，就會破壞均衡，發生什麼事。

走了一會，昌浩覺得有水聲，停下了腳步。

不是在尸櫻世界聽到膩的液體淌落聲。

是不斷拍打海岸的波浪聲。

「海……？」

不知不覺中，尸櫻森林已經很遙遠，遠到回頭也看不見了。

即使沒有亮光，尸櫻的花朵也會朦朧地浮現，如果沒什麼事情發生，看起來真的

很美。

「不過，會變成紫色就是被污染了，所以從變成紫色的那一刻起，就代表有事情發生了。」

昌浩聳聳肩膀，不自覺地跟著波浪走。

天上沒有月亮也沒有星星，比黑夜還要漆黑的黑暗空間無限延伸。

輕輕拍打海岸的波浪聲扎刺著耳朵。

水的氣味輕刺鼻尖。

「啊……」

昌浩眨了眨眼睛。

一定是因為現在是在夢裡，再昏暗也看得清。

他想起以前去過波浪拍打海岸的地方。

那是三年前的事了。

他追逐送葬行列，奪回了棺材。

那時候的送葬行列有多到嚇死人的鬼，由美得令人驚嘆的女人帶領，走向這樣的岸邊。

這裡是夢殿的盡頭嗎？

是非常安靜、非常安穩的空間。

不絕於耳的波浪聲，忽近忽遠。黑暗又深又濃，越來越沉重。

昌浩的腳踩進了水裡。

啪唦一聲，水花濺到了臉上。

他擦拭掉冰冷的水，發現有點黏稠、有點重。

感覺最好不要泡在這裡面。

他往後退，但不知何時，他已經站在波浪起伏的水中央了。

水不知何時滿了起來，他都沒有察覺。明明他待在這裡的時間並沒有那麼久。

有沒有哪裡可以爬上岸呢？他四處尋找。

在黑暗中東張西望時，有個聲音從斜上方傳來。

「水很快會漲到腰部，快上來吧。」

昌浩屏住氣息，悄悄抬頭看。

因為有些距離，所以沒發現。而因為黑色的水融入黑色之中化為一體，所以看不見黑色的岩石也是無可厚非的事。

在黑暗中，那個人穿的衣服白得宛如燈火。
他的心頭一震，眼角發熱，鼻子發酸。
應該是看到了昌浩這個樣子。
悠然坐在岩石上往下看的那個人，雙眼興致盎然地笑著。
被那個眼神惹惱的昌浩，極力裝出平靜的樣子。
「你在做什麼？爺爺。」
祖父瞬間露出不滿的表情，但很快就堆滿了笑容。
「喂，再不上來會淹死，快啊。」
「是、是。」
昌浩嗒噗嗒噗踢開水前進。祖父說得沒錯，剛剛才淹到腳踝的水，現在快淹到膝蓋了。
找到適宜的岩石斜坡，才剛爬上去，波浪就打過來了，彷彿追著昌浩跑。
爬到岩石頂上時，水又比剛才高出了許多。
穿著白色狩衣的祖父拍拍自己身旁的岩石表面，叫昌浩坐下來。
昌浩一屁股坐下來，轉向旁邊說：

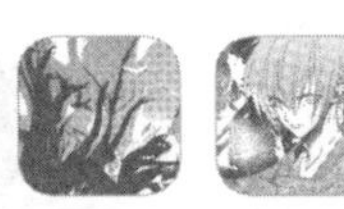

「可以說一句話嗎？」

「什麼話？」

「你大可不必變成年輕的樣子來啊。」

年輕模樣的晴明，聽到孫子這麼說，苦笑起來。笑到後來，忍不住把手按在額頭上，顫抖著肩膀哈哈大笑起來。

昌浩皺起眉頭，心想我說了什麼好笑的事嗎？好不容易忍住不笑的晴明，邊擦拭眼角邊說：

「高淤神說你很好玩。」

「啊？」

「真的呢，你雖是我孫子，我卻也猜不透你會說什麼，真的很好玩。」

這算是稱讚嗎？

很遺憾，昌浩並不這麼覺得。

晴明拍拍繃著臉的昌浩的肩膀，為了安慰他，改變了話題。

「京城的狀況怎麼樣？聽神將說你非常努力。」

昌浩心想是哪個神將說的呢？沒想到是他以為一直在睡覺的勾陣。原來勾陣雖然

昏睡的時間比較多，還是有醒來的時候。

只是昌浩大半時間都待在皇宮裡，所以沒能見到她而已。

「京城……陰氣很濃，連呼吸都有點困難。」

這麼起個頭後，昌浩道出了種種事。

黑虫之事、自己的臉頰和耳朵被下卵之事、樹木枯萎與污穢之事、陰氣沉澱凝結之事。

與尸櫻世界相連結之事、邪念與妖怪出現之事。

還有眾榊之事、白色魂虫之事。

邊聽邊一一應和的晴明，聽到眾榊的事，表情也緊繃了起來。

「榎……？」

昌浩點點頭。

「小怪說出榎岦齋的名字，對方就點了點頭。」

說到這裡，昌浩稍作停頓。

偷偷觀察晴明的神情。

年輕晴明把視線從昌浩身上移開，望向遠處。

祖父有昌浩不知道的過往。神將們也與祖父共有那個過往，每當聊到以前的事，昌浩就有點被排除在外的感覺。

不過，那只是昌浩自己的錯覺，他們就是想跟昌浩共有那些記憶，才會聊起以前的事。

但小怪說出來的那個名字，昌浩不太認識。

只有在這個夢殿親眼見過一次。

當他痛苦難過時，那個人曾伸出援手，拉了他一把。還有，在追逐黃泉送葬行列時，也出手幫過他。

在播磨時，他一睡著，那個人就陪他一起修行。不對，應該說是被那個人逼著修行。

昌浩只認識這樣的榎岦齋。

他緩緩環視周遭。

這裡是夢殿。

「他們會不會出現呢？」

晴明知道昌浩說的是誰，平靜地搔著頭說：

「他們兩人都不太會來這裡。一個要看心情，另一個被無聊的罪惡感困住，不敢來。」

昌浩眨了眨眼睛。

說到後者時，不知道是不是自己多心，總覺得祖父的語氣特別粗暴。

「所以他幾乎不會出現。不過，我們這樣交談時，他一定會躲在哪裡偷聽。對了，譬如說……」

凝目望著黑暗彼方的晴明，指著聳立在稍遠處的岩石說：

「譬如攀附在那邊，屏氣凝神偷聽。」

忽然，從某處傳來身體緊繃起來的氣息。

「……」

難道被祖父說中了？

昌浩啞然無言，晴明毫不在意地指著其他岩石說：

「還有，躲在那個稍微凹陷的地方也不奇怪……然後，被猜到躲藏的地方，他就會慶幸自己穿著跟黑暗同樣顏色的黑衣，慌忙輕手輕腳地游起來。」

說時遲那時快，就響起了噗的水聲。

「……」

昌浩默默往下看。

黑色衣服的確很容易跟黑色的水和黑色的岩石融為一體。

昌浩看到有一團像是波浪的東西，在岩石周遭悄悄移動，也只能當作是自己想太多了。

「他會把臉探出水面一半，屏氣凝神偷聽我們說話。」

從昌浩斜後方傳來尷尬僵滯的氣息。

「哦……」

昌浩邊把視線移向那裡邊隨口應和，晴明毫不介意，若無其事地下了結論。

「現在他正全力把『沒有啦，其實我……』這句話吞下去，靠一個忍字熬過水的冰冷與重量。」

「……」

昌浩心想：

既然你這麼了解，就不要再裝傻，叫他快點上來嘛。

不過，是不是沒有冥官的許可，他就不能接近我們呢？

如果取得了許可，以那個男人的個性，大概會理所當然地踩著輕快的步伐走過來，開心地告訴我們所有的事吧？

這麼想的昌浩，摸了摸後腦勺。
曾幾何時，對那個人的印象變成這樣了？
他可是很厲害的陰陽師，也是昌浩的恩人呢。
「昌浩。」
「什麼事？」
被叫喚的昌浩抬起頭，祖父一臉正經地說：
「我跟岦齋並不是好朋友。」
「咦?!」
「……」
有個聲音搶先大叫，昌浩慢了半拍。
他不禁往那裡望去，看見顯然不知所措的一團波浪，在岩石邊漂蕩。
他心想乾脆就大大方方地走出來嘛。
晴明憤然合抱雙臂說：
「因為他口口聲聲說我們是好朋友，卻幾乎不告訴我重要的事。沒錯、沒錯，那傢伙就是這樣的人。有時看起來在笑，眼神卻沒在笑；有時裝出很開心的樣子，眼神

卻是死的；有時裝出很高興的樣子，眼神卻冷冰冰。」

「爺爺……您就饒了他吧。」

那應該是重重的一擊了。

對於昌浩的懇求，晴明冷哼一聲說：

「我只是說實話而已。就算波浪裡有團黑色的東西，也只是一團波浪而已。那團波浪就算沉沒了、淹死了，也跟我沒關係。」

「就算是波浪，沉沒或淹死也很慘，請不要再說了。」

昌浩煩惱地抱著頭。

「爺爺，您是怎麼了？這樣很像小孩子耶，你又不是我。」

「喲，會說這種話，可見你也大有成長了。」

晴明是打從心底讚嘆。昌浩半瞇著眼睛回應他說：

「是啊，我是成長了。」

儘管難以釋懷，但希望成長能獲得認同的小小願望，在無預期中實現了。

可是，這樣對嗎？為什麼覺得不是很開心呢？

晴明面對兩眼發直的昌浩，突然改變了說話的語氣。

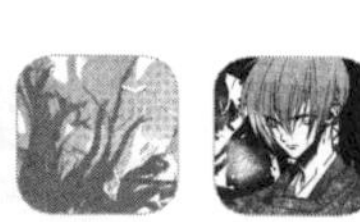

「他說……他會戰勝件的預言。」

整個空氣都變了。

不只晴明，連在岩石邊漂蕩的波浪，都蒙上了沉重的氛圍，凝固了。

「那傢伙被件的預言困住了。後來，他曾說他會戰勝預言。」

然而，預言最後還是應驗了。

晴明閉著眼睛好一會，喃喃低語：

「被尸櫻囚禁，醒不過來的期間……」

神將們的神氣也不停地被櫻樹吸走。

因為絕不能讓那棵櫻樹枯萎。

有晴明本身的生氣、神將們的神氣，櫻樹就不會徹底沾染污穢，也不會被污染到倒下去的程度。

但是……

「有人站在花的前面。」

抬起眼皮的晴明，目光嚴厲。

「那個人帶著件，我還聽到了件的預言。」

——沾染死亡的污穢，櫻樹的封印將會解除……

還有。

——放你回去吧，安倍晴明。

男人低沉的聲音，融入了櫻花的漩渦裡。

晴明的記憶到此為止。

然後，他聽見了十二神將太陰椎心刺骨的叫喊。

「封印……？」昌浩喃喃低語。

晴明尖銳地詢問：

「柊的後裔說榊的任務是什麼？」

昌浩搖搖頭說：

「她說唯獨這件事不能告訴我。」

她是柊的後裔，也是眾榊的最後一個人。

如果說了，昌浩就必須接手眾榊背負的任務。

她不能讓沒有心理準備的人接手。

她還說了下面的話。

——我有個妹妹。她還活著的話，在我之後就是由她接手。但四年前，我妹妹沉入了海底，屍體沒有浮上來。

——榎恐怕也一樣。現在榎滅絕了，我必須守護榎岦齋來京城完成的任務，也就是守護他鋪設的道路。

「她說智鋪很可能是在尋找榎鋪設的道路，所以操縱黑虫來擴散死亡的污穢。」

但昌浩怎麼樣都想不通。

為什麼尋找道路會需要擴散死亡的污穢呢？

晴明閉上眼睛深思。

「凝聚之牆嗎……？」

邪念圍繞著那道牆吵鬧喧囂。

跟它們一起出現的妖怪，把充斥尸櫻世界的陰氣也帶來了。

神氣可以防止櫻樹沾染污穢，現在晴明醒了，也斷絕了神氣的補充。

而後，在不久的將來，尸櫻會因為沾染死亡的污穢而枯萎。

沉默許久的晴明，下定決心似的開口說：

「你知道我曾經跟尸櫻合為一體吧？」

昌浩無言地點點頭。

「那時候，我親眼看見尸櫻封住的東西，也明白了。」

明白為什麼無論如何都需要咲光映這個活祭品。

昌浩不知不覺地握緊了雙手。

那個觸感還殘留在手中。少年臨終前的笑容閃過腦海。

晴明伸出手，疊放在昌浩的右手上。

「你做了陰陽師該做的事，做得非常好。」

昌浩大感意外，屏住了氣息。

緊繃許久的神經，猛然斷裂了。

但他還是硬撐著，硬是把持住自己，抬頭朝上，不停地眨著眼睛。晴明刻意不去看那樣的他。

「尸櫻在吸取污穢的同時，也負起了封印的使命。」

昌浩腦中閃過一個問題。

尸櫻會吸取污穢，那麼，是從那個世界的哪裡產生了那樣的污穢呢？

尸櫻的污穢是死亡的污穢。

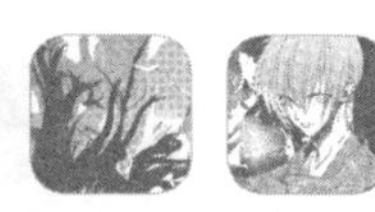

陰氣與陽氣同樣都會循環。吸取污穢，讓花綻放，花謝時就能清除污穢。花朵徹底枯萎的陰氣，累積到極致時就會轉化成陽氣。

所謂尸櫻不就是這樣的存在嗎？

或者是自己想錯了？

濃烈的陰氣顯然超出了正常狀態。

「污穢是來自土裡。」

晴明平靜的聲音，使昌浩的心臟狂跳起來。

可以說是陰氣凝聚體的邪念，不久前才剛從九条宅院的土裡噴出來。

「隱藏在地底下，在支撐巨大尸櫻的根部深處。尸櫻的根部比支幹更長更粗大，向四處分歧，層層交疊擴散。」

根部縱橫交錯，讓邪念無法逃逸。

那些邪念被封鎖在地底下，經過了漫長的歲月。

尸櫻的櫻樹是魔性之樹。沒有人會不知死活，去對抗散發妖氣的大樹。

「那棵櫻樹必須沾染魔性，再靠魔性去封鎖更強大的妖魔。」

所以，不論櫻樹對鮮血有多饑渴、不論是否沾染了魔性、不論是否必須獻出活祭

品，都不能讓櫻樹枯萎。

「尸櫻封鎖的東西……究竟是……」

昌浩好不容易從乾巴巴的喉嚨擠出了聲音。

晴明俯視著岩石的邊緣。

「尸櫻……榎……封鎖著什麼。」

不知何時，黑色的水鼓了起來。

那人儘管穿著黑衣，還是看得出來背對著他們。

「這裡是暗昧的底部。」

是波浪聲永遠忽遠忽近地響個不停的暗昧的底部。

光線照不到這裡。現世所背負的一切、命中注定的一切，都到不了這裡。

過去，能到達這裡的，只有那比光線更刺眼，人類想像的具體呈現。

在這裡，一定會被允許。

因為只是把活著時不能說的任務，丟進黑色水裡，融化在波浪裡。那些話也只會沉入更深的底部，然後粉碎消失。

況且，在這裡的人……

是即便沒有意願，也注定要背負起沉重任務的——陰陽師。

響起呸鏘水聲。

「——門。」

只有這麼一句話掉進水裡，黑衣便濺起大大的水花，深深沉入水底了。

在水的波動平靜下來之前，晴明和昌浩都沒說話。

片刻後，晴明平靜地站起身來。

「神將們會擔心我。」

昌浩動作生硬地抬起頭，年輕晴明對他微微一笑說：

「睡太久沒醒來，神將們會非常擔心……你也該走了。」

這裡是暗昧的底部，是妖怪沉沒、污穢墜落的黑暗盡頭。

通常沒有人能來到這種地方。

但不來這種地方，他絕對不會說。

所以晴明明知有危險，還是選擇了這裡，把昌浩叫來。

不同以往，晴明現在有回到現世的堅定意願，昌浩也有把他拉起來的人。

所以，他們絕對不會被暗昧吞噬而沉沒。

晴明的手輕輕地推了昌浩一把。
失去平衡的昌浩，面朝上墜落，沉入了水裡。
他看到水花濺起。
四周如此漆黑，卻可以清楚看見每一粒水花的大小。
這時候，他突然想到：
以後不管作多少夢，都不會再來到這裡了。

看著昌浩逐漸沉沒的晴明，平靜地低喃：
「我們從來就不是好朋友。」
那個厚臉皮又難應付的男人，被任務束縛、被預言束縛，但儘管心底深處有如此沉重的壓力，卻從未捨棄過希望。
——你好過分啊，晴明，竟然對好朋友的我說那種話！
——誰是你的好朋友？誰啊？岦齋，說夢話也等睡著後再說！
我們從來就不是好朋友。
絕對不是。

「……我們之間，不是那麼簡單一句話就可以形容的……」

◇ ◇ ◇

張開眼睛，看到的是無限延伸的黑暗。

心臟狂跳，發出撲通撲通的聲響，在耳裡吵鬧不休。

呼吸急促。

他擦拭額頭冒出來的汗，感覺全身溼透、發冷，身體特別沉重。

他慢慢爬起來，轉動眼珠子環視周遭。

「……」

這裡是自己的房間。

昌浩顫抖著吐出氣息，吐到肺部清空，垂下肩膀。

做好幾次深呼吸，等待心情平靜下來。

這時，響起嘎噠一聲。

他轉頭看，是小怪稍微拉開通往外廊的木門，把頭探了進來。

「喲，你醒了啊……昌浩？」

察覺不對的小怪，驚慌失色地跑過來。

「怎麼了？臉色這麼蒼白。」

昌浩擠出僵硬的笑容，望向看著自己的夕陽色眼眸。

「我作了夢……」

「夢？」小怪疑惑地低喃後，「啊」一聲，點著頭說：「你去見晴明了嘛，結果怎麼樣？難道是晴明出了什麼事？」

小怪又驚慌失色了，不過跟剛才的驚慌不太一樣。

昌浩緩慢搖搖頭對它說：

「沒有，爺爺很好……他使用了離魂術，是以前的模樣。」

「什麼？」

使用法術會嚴重耗損靈力。

「那傢伙才剛醒來耶……啊，是夢。」

「對，是夢，所以沒關係。」

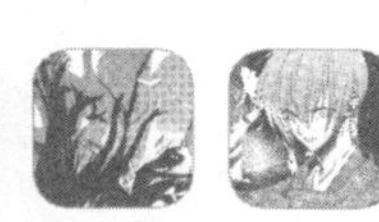

為了讓緊張的小怪放心，昌浩這麼回應。
離魂術會對身體造成很大的負擔，但是在夢裡就不會。
昌浩抱起小怪，讓它背對自己。
小怪動了動耳朵。每次昌浩這樣抱著它，都是心裡有什麼事的時候。
為了安慰他，小怪用白色尾巴，以固定的速度砰砰拍著昌浩的手。
「我想起……以前作的夢。」
昌浩斷斷續續地說著。一個字一個字仔細思考，不讓畏縮的喉嚨顫抖起來。
「在那個世界……我跟小怪、跟紅蓮失散了……」
道反巫女出現，不斷重複著相同的話。
——不……可……以……
那時候，昌浩以為她是說「不可以帶那兩個孩子來道反聖域」。
然而，並不是那樣。
她是說……
——不可以打開那扇門。
活祭品逃走，尸櫻就會枯萎。一旦枯萎，深深埋藏在櫻樹底下的門，就會從魔性

的封鎖得到解脫。
發現這個危機的巫女，拚命呼喚待在其他世界的昌浩。
「我都沒察覺……」
昌浩把臉埋入了白毛裡。小怪一臉老實樣，思索著該說什麼。
「不可能察覺吧？」
「可是……」
「你又聽不清楚，會察覺才怪。」
「可是……」
「不可能啦，不可能就是不可能，沒有那種什麼都會的人。」
昌浩緩緩抬起頭，但很快又垂下來了。
「門會打開……」
小怪默默聽著。
光聽這句話，小怪就知道那意味著什麼。
在許許多多的世界裡，都各自有兩扇門。那是絕不能打開的門。一打開，就會釋放死亡的污穢。

以前，被稱為黃泉瘴氣。

尸櫻世界的那扇門快打開了，就是這麼回事。

小怪不知道昌浩作了什麼夢，也不知道昌浩跟晴明說了什麼。但它不會選在這時候問他。

重要的不是他們的談話內容。

「門一打開，就會釋放死亡的污穢……所以，非阻止不可。」

無論如何，都必須再鋪設通往那個世界的道路，預防沾染污穢的櫻樹倒下。

10

昌浩醒來時，安倍晴明也抬起了眼皮。

他花了一些時間才適應黑暗。

嗜地嘆口氣，不經意地環視周遭的晴明，訝異地張大了眼睛。

「你……」

才剛開口，就說不下去了。

還以為會看到太裳、天后或太陰這三人的其中一人，沒想到躍入眼簾的竟然不是他們之中的任何人。

那是十二神將的木將青龍。他靠牆而坐，屈起一邊膝蓋，把手肘搭在膝蓋上，另一隻腳平放在地上。會被誤會成殺氣的銳利眼神，彷彿要將老人射穿。

聽說他的神氣復原狀況不太好，一直躺在異界。

六合回異界去看他們，才一靠近，神氣就被他們吸光了，結果連他都有段時間不能動。為了讓自己快點復元，他還去了靈峰貴船，透過土地的力量，把失去的靈力補

回來。

晴明使勁地爬起來。

「是你啊，宵藍，不要嚇我嘛。」

他呼地吁口氣，尋找憑几。

那個憑几在離墊褥稍遠的地方，所以他欠身而起，想把憑几拉過來。

這時候，用兇狠的目光瞪著晴明的青龍，無言地猛然站起來，把憑几拿到了晴明身旁。

本來想爬到憑几那裡的晴明，以雙手撐住地面的姿勢，看著青龍一連串的動作。

當青龍把憑几咚地放在他前面時，他張大眼睛抬起了頭。

「不好意思……」

晴明一道謝，青龍便挑起一邊眉毛，從鼻子冷哼一聲，轉過身去，就那樣忽地隱形了。

靠著拉過來的憑几讓心情平靜下來的老人，猛眨著眼睛。

「那傢伙來做什麼？」

搞不清楚他的來意。

是來責備自己一直沉睡不醒嗎？那也無可厚非。自己昏睡了一個多月沒醒來，連唯一優點就是活潑的太陰，心情都陷入了谷底。

太裳和天后雖然什麼都沒說，但心情一定也很折磨。在京城的紅蓮、勾陣、天空，因為京城出現了異狀，沒辦法自由行動，所以聽說心情更加沉重。

說到待在異界的神將，症狀比較輕的白虎和玄武，為了快點恢復神氣，盡量不下來人界，朱雀是待在天一旁邊不肯離開。

至於青龍……

連那個白虎都說：「青龍整天心浮氣躁，老實說，我還寧可他昏睡不醒。」

晴明很清楚自己是事情的元兇，所以不敢發表任何意見。

他瞥一眼安裝在牆上的水鏡。

天后把水鏡擺在那麼高的地方，是為了讓他必須站著才看得見。

晴明現在還不能站太久。如果把水鏡擺在躺著也看得見的位置，他就會跟水鏡另一邊的人聊得沒完沒了。

所以，擺在那個高度，是無言的申訴，要求晴明在體力恢復之前，透過代理人長話短說。

「唉，也不能怪他們。」

上次讓他們如此擔心，應該是六十年前的道反事件吧？

那時晴明還年輕，所以大家都認為只要保住性命就沒問題了。

然而，現在晴明老了，體力、生命力和靈力都隨著年紀衰退了。

其實，以這個年紀來說，沒有人比晴明更有活力了。他不但健康，也能自己走路。

儘管靈力衰退了，靈術卻越來越精湛。

年輕時要靠力氣施行的法術，現在可以不費吹灰之力了。

所以，晴明覺得變老也未必是件壞事。

但是，人不是不死之身，終有結束的一天。

神將們被迫面對這件事，想必心情的動盪相當劇烈吧？

「……沒想到太陰會變成那樣……」

從以前，除了青龍外，太陰是說話最不留情面、最暢所欲言的神將。像小孩子一樣奔放，感情起伏激烈，但率真、熱情。

以前覺得她像妹妹，曾幾何時覺得她像女兒，現在覺得像孫子。

跟真的孫子不一樣，但是，對晴明來說就是接近那樣的感覺。

只穿著一件單衣，肩膀有點涼。

有沒有衣服可以披上呢？晴明正四處張望時，有人把衣服塞到他眼前。

「你這樣會感冒，快穿上。」

「哦……謝謝你，朱雀。」

「不用客氣，小事一樁。」

突然現身的是應該跟青龍一起待在異界睡覺的十二神將朱雀。

晴明匆匆穿上衣服，朱雀大剌剌地盤腿坐在他正前方，雙臂合抱胸前，表情嚴肅。

繼青龍之後，朱雀也用可怕的眼神看著他。

自己究竟做了什麼呢？

這麼一想，思緒開始運轉，就發現自己的確是做了什麼。

但是，要出來就一起出來嘛，這樣自己就不必一再思考同樣的事了。

不過也沒辦法啦，自己就是讓神將們擔心到了這種程度。

晴明也知道，不只神將們擔心他。

好久不見的孫子，在夢殿與他重逢時，剎那間也像小孩子一樣哭喪著臉，但很快就努力把表情緊繃起來了。

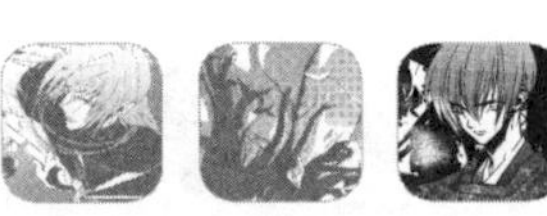

還沒見到勾陣、紅蓮和天空，見到他們時一定會被說些什麼，所以要做好心理準備才行。

就在晴明暗自下定決心時，朱雀開口說話了。

「晴明──」

「嗯。」

「對不起，差點殺了你。」

「嗯……咦？」

點頭點到一半的晴明，不由得盯著朱雀看。

慢著，剛才他是不是正經八百地向我道歉了？

朱雀擺出根本不像是在道歉的傲慢表情，又滔滔接著說：

「但是，我希望你能明白，當時關係著天貴的生命。」

「啊……哦……」

「很難拿你跟天貴比較，但我還是只能選擇天貴。」

「喔……」

不、不，在模糊的記憶中，朱雀明明是毫不猶豫地選擇了天一的生命，把刀刃指向了自己。

原來那時候朱雀也掙扎過？

「可是……」

朱雀忽然難過地皺起了眉頭。

「因為我那麼做，天貴哭了。」

「哦，嗯，我想也是。」

心地善良的天一，一定會顧慮朱雀的感覺，不會說任何責罵他的話，只會潸潸落淚。

但是對朱雀來說，天一的無聲哭泣，才是最沉痛的打擊。

「對不起，我選擇了不該選擇的道路。」

「……」

晴明只能無言地點著頭。

「請記住，我不會再做出讓天貴哭得那麼傷心的舉動了，我對這把火焰之刃發誓。」

朱雀把背上的大刀拿下來放在膝上，毅然決然地宣示。

「我想你應該不會了，但是萬一你不能遵守這個諾言，要怎麼辦？」

晴明大概知道他會怎麼說，但還是問問看。

朱雀浮現閃過苦澀的笑容。

「那時候，就拜託騰蛇，用這把刀，把我的魂燒了。」

「——」

——我嗎?!

不知道為什麼，彷彿聽見不在場的紅蓮的聲音。而且，不是原本低沉洪亮的聲音，而是小怪模樣時的高八度聲音。

高高舉起大刀的朱雀，瞇起眼睛遙望遠方。

「我再也不會……讓她悲傷……」

「……」

該怎麼說呢？對了，就是菩薩般的心腸吧？

看著朱雀的晴明，頻頻點頭，越想越好笑。

「我很喜歡你貫徹始終的個性呢，朱雀。」

「啊？」

「從以前我就尊敬你這樣的個性，說不定還有點崇拜呢。」

朱雀邊揹上大刀邊疑惑地歪著頭說：

「我不太懂你的意思……總之，我該高興嗎？」

「是啊，我很少說這種話呢，很珍貴喔。」

被這麼一說，朱雀也覺得沒錯，深有同感地點點頭。然後，他打開了通往外廊的木門。

離天亮還有一段時間，如帳幕般的黑暗覆蓋周遭。

「雖然沒京城那麼嚴重，但這附近的樹木也幾乎都枯萎了。」

朱雀的表情變得嚴肅。

樹木枯萎，氣就會枯竭，然後帶來污穢。

吉野也跟京城一樣，即將陷入死亡循環的危機。

◇　◇　◇

張開眼睛，看到的是一片漆黑。

「……給我水……」

喃喃低語後，想咳嗽的感覺湧上喉頭。

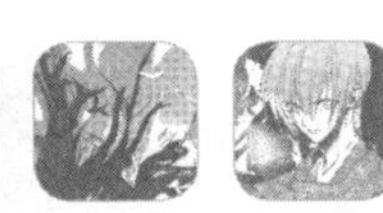

藤原敏次鑽進墊褥裡，盡量不讓咳嗽聲傳出來。
母親如果知道他咳得這麼嚴重，一定很擔心。
咳成這樣也還好。只是持續咳一段時間，體力就會衰弱，很難停下來。
「……唔……」
這一波好不容易才熬過去。
等咻咻鳴響的喉嚨慢慢平息後，他才搖搖晃晃地站起來。
忽然一陣暈眩，他腳步踉蹌，猛然靠向了木門。
木門被他的體重推開，他就那樣滾出了外廊。
「哇……好慘……」
他覺得好糗。
自嘲似的喃喃自語，按著疼痛的胸口站起來。
可能是一直咳嗽的關係，肋骨痛了起來。不只肋骨，肩頸處一帶也漸漸疼痛起來。
「咳嗽治不好，疼痛就不會消失吧……」
他想明天最好再去拜託藥師開藥。

呸鏘。

敏次不由得移動視線。

外廊附近有個小水池。

是下雨了嗎？還是有東西掉進了水池裡呢？

呸鏘。

小水池的水面掀起波紋，擴散開來。

接著，有隻帶著人臉的牛佇立在水面上。

敏次目瞪口呆地看著這個畫面。

那張人臉直盯著敏次，緩緩張開了嘴巴。

『——以此骸骨……』

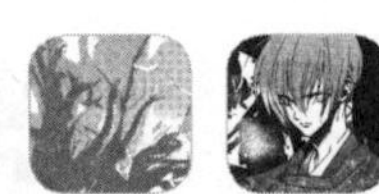

呸鏘。

呸鏘。

淌落的水聲在耳底迴響。

敏次看得連眼睛都不敢眨一下，那個生物在他面前緩緩沉入了水裡。

黑色水面產生許多波紋。唯獨最後猙獰嗤笑的那張臉上的空洞眼眸，鮮明地烙印在敏次的腦海中。

響起了水聲。

「唔……」

敏次的喉嚨如笛子般鳴叫起來。

突然呼吸困難，他用雙手勒住脖子，身體微微抽搐。

沒多久，身體劇烈顫抖，之後就動也不動了。

呸鏘。

響起了水聲。

呸鏘。

『——以此骸骨為礎石，將會打開許久未開的門吧……』

◇◇◇

隔天，昌浩臨時向陰陽寮請了假。

因為文重的妻子柊子突然來找他。

披著藍染的衣服，蓋住左半邊臉的柊子，對昌浩說：

「請用我當誘餌，召來黑虫。」

安倍成親到了陰陽寮，環視冷清的陰陽部一圈。

有人輪休，敏次也因為身體欠佳請假了。

昌浩原本要來，可是，過了中午吉昌來替他請假，說他因個人私事要請假一天。

「竟然把父親當成跑腿，那小子也越來越大膽了。」

有點異於常人呢，成親不禁這麼感嘆。這時，前幾天跟昌浩同隊輪班巡視的日下部泰和走向了他。

「博士，早安。」

「啊，早。」

行禮如儀地打過招呼後，泰和就熱絡地說起話來，說得滿臉潮紅。

他說播磨的修行讓昌浩成長了許多、具備了更多驚人的實力。

關於黑虫的事，成親有收到報告，也知道被昌浩擊退了。

但是，當時在現場的人說的話，還是充滿了臨場感，聽起來很有感覺。

「博士，請恕我直言，以前我對您弟弟昌浩大人的才能和實力，沒有太高的評價。」

儘管表現出不好意思的樣子，泰和還是說得很直接。

「哦。」

成親面不改色地回應。

也難怪泰和會那麼說，因為昌浩幾乎沒有在人前展現過自己的才能。即使有機會，他也不會站到台前。

在這方面，他很像安倍晴明年輕的時候。

泰和興奮地加強語氣說：

「但是，我錯了，我低估了昌浩大人。」

不，不只是我，恐怕陰陽寮大部分的人，就連那些進出皇宮的貴族們，都低估了他的實力。

「看到他昨晚降伏妖魔，我才知道他在播磨做了多少的修行。他是讓自己的潛能開花結果後，才回到了京城！」

我也不能輸給他，必須磨練自己、不斷修行、追求進步。

下了這番結論後，泰和為自己占用成親的時間道歉，就回去工作了。

成親的表情沒什麼變化，又繼續工作。在工作結束的鐘聲響起前，他都表現得跟平常一樣，在工作告一段落後離開。

回到家，他馬上奔向妻子的病床。

妻子以前豐腴的臉頰，現在都看不到了。

「篤子，我回來了。」

沒有回應。

現在篤子幾乎沒有醒來的時候，一直在沉睡中。

肚子慢慢大起來，母體卻越來越瘦了。

這樣下去，會危及一方。

不，說不定會危及雙方。

聽說父親回來了，孩子們都跑過來了。

「父親，您回來了？」

「嗯，我回來啦。」

成親把三個孩子一起抱到膝上，問他們今天做了什麼。

孩子們輪流說了自己度過的一天。

在篤子枕邊與孩子們聊天，成為成親每天的課題。

晚上，他會陪在篤子身旁，每晚施行操控夢的法術、唸除魔的祝詞，讓她作好一點的夢。

還會把沾了水的棉花，放在她乾燥的嘴唇上。

換衣服、擦拭身體等直接性的照顧，篤子的奶媽都在白天就做完了，幫了成親很大的忙。

孩子們說話說累了，他就叫他們去吃晚餐，自己留在妻子旁邊。

這是成親和篤子兩人獨處的時間。

「今天，陰陽生日下部非常興奮地說起昌浩的事，說得口沫橫飛。」

篤子的眼皮沒有動。胸口微微上下起伏，表示有在呼吸。

摸她的臉頰、脖子，也有體溫。

但就是不會醒來。

「他說播磨的修行讓昌浩的潛能開花結果，對昌浩大為讚賞。」

說到這裡，成親微微一笑。

「很好笑吧？我們從以前就知道他是最有才能的一個，周遭的人卻到現在才跟得上狀況。」

安倍晴明的接班人是最小的孫子昌浩。

所以為了不造成昌浩的負擔，成親和昌親都早早就找個人結婚，離開了安倍家。

「對了，以前他背負莫須有的罪名，被檢非違使追捕時，妳也煞費苦心地幫忙了

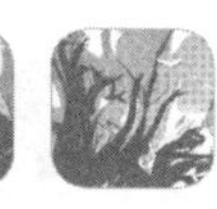

他呢。」

那之後他一直待在播磨，回京城後，都還沒來過這個家。

「他長高了許多，變得又高又壯了。妳也很想見他吧？所以……」

成親把自己的額頭貼在篤子的額頭上，閉起眼睛說：

「妳快醒來吧，篤子……」

然後摸著大起來的肚子，像以前一樣好強地對著我笑吧。

然而，不管成親怎麼祈禱，妻子還是沒有醒來的徵兆。

所以直到現在成親都不知道，在她夢裡出現的妖怪對她說了什麼。

◇　◇　◇

呸鏘。

聽見微弱的水聲，小野螢跳了起來。

「剛才那是……」

滿臉緊張地低喃後，螢穿上小袖，綁上帶子，抓起大刀跑出外廊。

睡著後應該還沒過多久。

抬頭看天空，透過雲的裂縫，可以稍微看到星星。

在菅生鄉，每天都會操縱風，把雲劃開，確認天空的情況。

那道雲的裂縫，就是法術留下來的痕跡。

「聽說京城一直都是烏雲密布，不能用法術把雲劃開嗎？」

雖然是治標不治本，但有點陽光，可以緩和人心。

「不過，太熱的話，也會因此被晒昏。」

自言自語的螢，聽見響亮到不自然的樹葉摩擦聲。

她瞪著山裡綿延不絕的樹木，把大刀從刀鞘嗖地拔出來。

「誰……?!」

她低聲叫嚷。

察覺異狀的夕霧，拎著大刀趕來了。

「螢！」

看到穿著小袖的螢握著大刀，夕霧挑起了眉毛。

「妳退下，不用妳出來。」

「我沒事啦，不過……」

氣息越來越靠近。

風吹過，帶來了鐵鏽般的味道。

夕霧走下庭院，螢也默默跟在他後面。

氣息更接近了。感覺得到殺氣，所以螢做好了迎戰準備。

氣息移到了草叢後面。

夕霧在扔下刀鞘的同時，把刀子從樹叢橫掃過去。

跳躍起來的螢，砍向往後退避開刀子的黑影。砍下去的刀尖，被毛茸茸的粗腳踢開了。

受到意外的衝擊，螢的身體失去了平衡。

夕霧趕緊滑過來，接住了差點撞到地面的螢。

「不能掉以輕心！」

挨罵的螢坦然道歉。

「對不起。」

兩人很快站起來，做好迎戰的準備。

散發鐵鏽味撲過來的影子，在半空中分成了兩半。

「咦……？」

兩個分開的身影，在瞠目而視的螢面前，同時摔落地面。

附近血跡斑斑。

從其中一方傳來微弱的呻吟聲。

夕霧帶著殺氣，慢慢靠近剛才踢開螢的大刀的那一邊。

是毛色斑駁的野獸。

夕霧小心注視著動也不動的野獸，皺起了眉頭。

「是狼，怎麼會……」

而且，從沒見過這麼大隻的狼。

要把刀尖刺進狼脖子的夕霧，發現狼散發著淡淡的妖氣，停下了手。

「是妖狼？」

他轉頭看另一邊的身影。

是沾滿鮮血的人類。

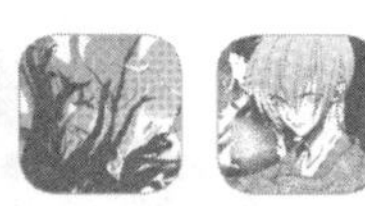

螢握著大刀，蹲在那個人的旁邊。

「螢！」

螢沒理會帶著苛責的呼喚，大叫說：

「夕霧，這個人還活著！」

儘管流了很多血，那個人察覺螢的氣息，還是發出了微弱的呻吟聲。

夕霧叫螢退下，抱起了那個人。

是個男人，還很年輕，心臟雖然虛弱，還是有脈搏。

「……知……」

男人似乎喃喃唸著什麼，夕霧把耳朵湊近了他的嘴邊。

「……冰……」

螢眨了眨眼睛。

「冰知？他是說冰知嗎？」

男人的手指動了一下。螢跑到夕霧的對面，蹲下來說：

「你是誰？你認識冰知嗎？發生了什麼事?!」

不管怎麼搖晃，男人都沒有反應了。

忽然，背後升起強烈的妖氣。

回過頭的螢，看見被他們拋下不管，那遍體鱗傷的妖狼，正對他們發出了低沉的威嚇聲。

「放……開……他……」

野獸向前一步，露出尖牙，嘴巴淌著紅色的液體。

「放……放開他……」

夕霧和螢的視線瞬間交會，然後瞥了瀕死的男人一眼。

「放開他……我們……要去……找……昌……浩……」

夕霧挑動了眉毛。螢的嘴巴喃喃唸著昌浩的名字。

先採取行動的是螢。

「你認識昌浩？」

全身的毛倒豎的狼，妖氣緩和下來了。

妖狼的眼睛直盯著螢。

沒多久，像牛那麼大隻的狼，搖晃傾斜，咚一聲倒下來了。

「啊……」

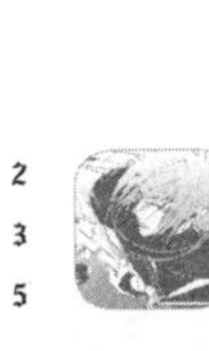

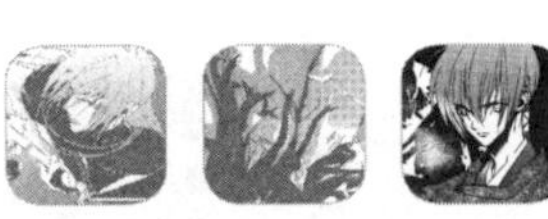

螢靠近筋疲力盡的狼，發現它的身體被尖銳的東西刺得傷痕累累。它的毛色並不斑駁，是流出來的血把毛染成了斑駁的顏色。

身體傷成這樣，還揹著那個男人來到了這裡？

確定它不能動了，螢便把大刀收回了刀鞘。

「等一下，我馬上……」

螢要說「我馬上幫你治療」，狼卻用尾巴纏住她的腳說：

「……我……沒……關係……」

狼的眼睛望著動也不動的男人，像是在說先救他。

「……拜託……」

「我知道了。」

螢點點頭，狼流下淚來。這時候螢才發現，狼的一隻眼睛被弄傷了。流下眼淚的是被弄傷的左眼。

「那是誰？」

螢把手擺在它的左眼上方，邊施行治癒法術邊問。

狼擠出聲音說：

「……祇……祇……比……古……九流……」

螢複誦一次聽見的名字「瑩祇比古」。

狼呼地鬆口氣，用幾乎聽不見的聲音說：

「……冰……知……消……」

螢和夕霧都瞪大了眼睛。

他們想問個清楚時，狼已經筋疲力盡了。

夕霧望向瀕死的男人，平靜地開口說：

「冰知……」

螢點點頭，臉色蒼白地望向四國的方向，接著說：

「冰知……消失了……」

11

昌浩邊走向皇宮裡的陰陽寮，邊滿臉嚴肅地嘟囔：

「……當誘餌啊……」

今天也是厚厚的雲層低垂。

要召來黑虫，我是最好的誘餌。

柊子這麼強烈提議。昌浩安撫她，勸她先回家。因為不放心她一個人回家，所以決定先送她回去，晚一點才去陰陽寮。

在前往九条的途中，又出現了邪念。

當時，兩人正走在西洞院大路上。

不知何時，路上往來的行人都不見了。

察覺時已經太遲了。

有黑水從地面上的一點湧出來，從那裡面傳出了歌唱般的可怕話語。

在道路中央滲出來的水，逐漸擴散開來，翻滾到昌浩腳下。
昌浩想起從水池冒出來的妖怪和邪念，擺出了備戰姿態。
這時候，他聽見了水聲。那個淌落的水滴聲。
環視周遭尋找水聲來源的昌浩，聽見小怪在他耳邊低嚷：
「在那邊！」
他倒抽了一口氣。以水面為界，下面是個倒立的世界。
黑色水面上沒有他們倒映的影子。
只有倒立的件和纏著布的人影，佇立在水面正中央。
「那是……」
那是在尸櫻世界宣告預言的件，以及讓祖父醒來的男人吧？
昌浩還沒叫出聲來，恢復原貌的紅蓮已經把燃燒的火焰劈向了水面。
件在水的另一面，頭朝下墜落消失了。
那個人影扔掉了被燒毀一半的布。
水面下出現了長及腰部的頭髮和裸露的纖細肩膀。
昌浩張大了眼睛。

「是女人?!」

不是晴明說的那個男人?

昌浩擺出備戰姿態時，從柊子嘴巴溢出了茫然的低喃。

「……不會吧……」

映在水面下的女人，嘴角微微浮現笑容。

她的臉被頭髮遮住看不清楚，昌浩卻有種似曾相識的感覺。

長得很像誰。總覺得在哪見過那張臉。

在記憶中搜索的昌浩，看到半遮著臉的柊子，腳步踉蹌地往前走。

「……不會吧……」

從頭上披下來的藍染，被紅蓮迸射出來的灼熱鬥氣吹掉了。

左半部的臉毀損，右半部的臉完好無傷。

昌浩倒抽了一口氣。

是柊子——不，不只是柊子，昌浩還見過另一張相同的臉。

可是，不可能。不可能有這種事。

難以置信地盯著女人的昌浩，聽見柊子慘叫般的吶喊。

「妳……妳難道是菖蒲?!」

那是早已死去、柊子妹妹的名字。

想起柊子的吶喊，昌浩臉上浮現苦惱的神色。

柊子要跳進水裡，昌浩和紅蓮急忙拉住了她。

那時候，黑色水面無聲地後退了。當他們回過神來時，西洞院大路上又恢復了人來人往的熱鬧景象。

昌浩替半狂亂的柊子披上衣服，送她回到了九条宅院。

原本想送她回家後就去陰陽寮，但身體好冷，行動變得非常遲鈍。

從那個水面不斷冒出可怕的陰氣。

昌浩沒得選擇，只能回家，拜託小怪去幫他請個假。

小怪遇見湊巧比較晚到陰陽寮的吉昌，把昌浩的事告訴他，就回家了。

而昌浩全身發冷，就那樣昏睡了一整晚。

「要設法清除陰氣才行……」

靈力越強，感受能力就越強。所以不小心吸到那樣的陰氣，會明顯反應在身體上。

無時無刻都必須提高警覺，否則會有危險。尤其是在現在的京城。

昌浩經過待賢門前往陰陽寮，跟認識的衛士點個頭，便加快了腳步。

拍拍臉頰提振精神的昌浩，在陰陽寮前面看到熟悉的背影，大吃一驚。

「敏次大人！」

聽見叫聲的敏次轉過身來。

他的臉色也未免太蒼白了，跑過來的昌浩瞬間說不出話來。

敏次看到昌浩那樣子，困惑地笑了起來。

「我的臉看起來那麼糟糕嗎？」

「……呃……是的。」

昌浩想否認，但做不到，因為真的太糟糕了。

敏次似乎很小心地在呼吸。

「我想找典藥寮開藥，所以硬撐著出來了……」

昌浩生氣地吊起了眉梢。

「你撐著這樣的身體出來，本來會好也不會好了。」

他說他去拿藥，叫敏次在陰陽寮等，敏次滿臉歉意地說：

「不好意思。」
「沒關係，你等我。」
兩人在爬上陰陽寮的階梯分開，昌浩轉身離去。
就在這一瞬間，耳邊響起那個討厭的聲音。

呸鏘……

昌浩的肩膀顫動一下，停下了腳步。
他慌忙掃視周遭一圈。
「件……」
坐在昌浩肩上的小怪，把頭轉向發出微弱聲響的地方。
昌浩也跟著小怪往後看。
敏次摀住嘴巴，把身體彎成了く字形。
「敏次大人？」
要往回走的昌浩，腳步被笛子般咻咻鳴響的聲音止住了。

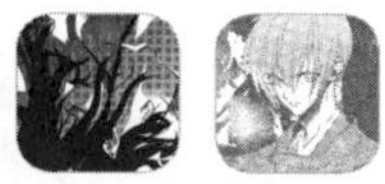

是咳嗽。

敏次的喉嚨發出沉重的聲響。

是平時的咳嗽。

但比平時嚴重、激烈——沉悶。

忽然，昌浩周遭的聲音都消失了。

呸鏘。

紅色液體淌落。

從摀住嘴巴的手指指間。

呸鏘。

響起滴滴答答的聲音，敏次茫然看著從自己喉嚨溢出來的鮮血。

咘鏘。

敏次把手伸向了喉嚨。

有東西湧上了喉頭。

咘鏘。

纏繞著紅色液體的團塊，伴隨著喀喀聲被吐出來，展開了白色的翅膀。

咘鏘。

咘鏘。

咘鏘——

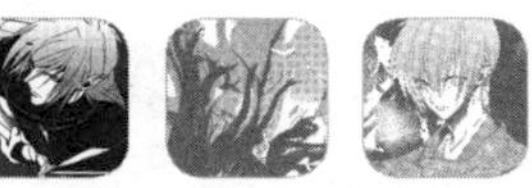

某人的叫聲震響了好幾聲。雙手被自己吐出來的血染紅的敏次，癱倒下來。

「魂虫……」

昌浩似乎聽見有人這麼低喃。其實，那個人就是自己。

白色蝴蝶輕盈地飛舞。

張大眼睛追逐蝴蝶的昌浩，看到了蝴蝶前面的景象。

黑色水面擴散開來。

有個妖怪佇立在水面上。

是人面牛身的妖怪。

妖怪緩緩張開了嘴巴。

『——以此骸骨為礎石，將會打開許久未開的門吧……』

翩然飛舞的白色蝴蝶，被吸入了件的腳下。

然後。

妖怪嗤嗤奸笑，慢慢地、無聲地沒入了水裡。

咚鏘……

響起水聲。沒多久水就消失了。

昌浩沒發現自己正在微微顫抖。

呼吸急促。心跳聲喧譟。手腳逐漸冰冷。

騷動不安。形成了人牆，包圍著什麼。喧譁吵鬧的那群人，是包圍了誰？

倒下的是誰？淌落的紅色液體，在地面凝結。

既然是吐出魂虫後倒地，那麼，那個人的生命所剩無幾了？

所以——果然……

——件的預言一定會應驗。

後記

這是少年陰陽師「道鋪篇」第二集。這次的後記也很長。
光：「又來了？」
Y：「是的，上一集的後記大受歡迎，所以麻煩妳再寫耐人尋味、有趣、長知識的後記。」
要求越來越多了。
前一集的印傳，在Twitter和讀者來信中都有極大的迴響。
不可思議的是，寫了那篇文章後，在與工作完全無關的場合，越來越多機會遇見使用印傳、擁有印傳的人。或許是有了興趣，就會吸引同好吧。不，也可能是我被吸引過去。
話說，這次的主題是「耐人尋味、有趣、長知識」。後記原本應該是自由發揮，怎麼可以設定主題呢……

不管能不能滿足主題，我要來聊聊這個夏天的快樂回憶。

從萬葉時代起，日本人就喜歡泛舟。

在少年陰陽師第一集《異邦的妖影》，道長也對昌浩說了「我叫人帶你去坐船」之類的話。可見道長也喜歡泛舟吧？

在平安時代，會泛舟賞櫻、賞紅葉、賞月、吟詩、奏樂。昌浩和晴明在天下太平的時候，也會享受這樣的風雅吧？應該會。

在戰國時代，織田信長和豐臣秀吉也曾在船上舉行品茶會。

在江戶時代，大名們都爭相打造豪華船隻，四處遊覽。在庶民之間，也流行在船上搭建小房子，稱為「屋根船」。

也就是現代的「屋形船」的前身。

「屋形船」在時代劇裡很常見吧？

有富豪會帶著花枝招展的女人，在船上喧譁吵鬧。膽小的好人被壞人叫出來，被威脅、被砍，然後被丟進河裡，隔天早上被草蓆包起來，家人趕來抱著屍體痛哭，此時，同心①、剛引②、高官、遊手好閒的人們，就會在船上同情地看著他們，猜想到底發生了什麼事。壞的地方官和缺德商人，也會在船上進行夜間密會。當這些壞的地方

官或缺德商人，一個人半夜在船上獨飲時，會在那首由小號獨奏起頭的曲子為背景音樂中，被無聲無息游過來的職業殺手刺死，方形紙罩座燈就忽然熄滅了——

因為時代劇裡經常出現這些畫面，屋形船就大大活躍起來了。

對了，在那種密會的場合，地方官通常會戴著頭巾。目的是用來遮臉，可是要隱藏臉、身分和來歷，怎麼會戴那麼華麗的布頭巾呢？用那麼高級的布，只會更引人注目吧？小時候的我常這麼想，覺得很奇怪。

那個頭巾的正式名稱是「山岡頭巾」。為了寫這篇後記，我特地查過才知道。我不知道能不能讓讀者長知識，但現在我的確長了知識。順道一提，鞍馬天狗戴的烏賊形狀頭巾稱為「宗十郎頭巾」，武藏坊弁慶戴的白色頭巾稱為「裹頭」。

言歸正傳。

陰曆七月的某一個大熱天，搭電車發呆時，突然閃過一個念頭。

好想辦個納涼會。

天氣實在太熱了，所以很想做些什麼涼快的事。

於是，我望著風景不斷流逝的車窗，不知道為什麼想到了「去搭屋形船好像也不錯呢」。

想到後，我立刻上網查屋形船。然後約可能會跟我去的作家、漫畫家和插畫家，有幾個人很爽快地答應了。

就這樣，在陰曆八月，我們舉辦了屋形船上的納涼會。

這是我這輩子第一次搭屋形船。我會暈車，所以很擔心自己行不行，但各家出租遊船的網站都寫著「東京灣和隅田川的風浪沒那麼大」，所以我就相信了。

好難得的屋形船，這可是江戶的精粹呢。我心想穿和服搭屋形船應該很適合，自己一個人想的正興奮時，收到某插畫家的電子郵件，上面說「當天穿和服也不錯」。

既然這樣，當然要穿「浴衣」啦。我也有夏天的和服，可是這個時候還是要選擇浴衣吧？

正適逢颱風要來不來的微妙時期，所以有點擔心會不會下雨，幸好當天的天氣不錯，是不會太熱的陰天。

我選的浴衣是藍底，圖案是淡淡綻放著黃色光芒的螢火蟲，搭配邊緣有一條大金魚刺繡的半幅帶③，裝飾品是印傳的迷你菸盒。頭髮紮起來，插上藍色玻璃球的髮簪。腳上穿著梧桐木屐，踩著輕盈的步伐，興高采烈地出門了。

那是在夏天的黃昏，溼黏的熱氣緊貼在皮膚上。

會合地點已經來了一個人，穿著夏天的和服。接著又來了一個人，穿著花圖案的可愛浴衣。連我在內，有三個人穿和式衣服，另一個人穿西服，但都是行動方便的涼快裝扮。

搭船的地方離這裡有點遠，我們搭了兩台計程車去。到達時，其他人都在候船室等著了。

人都到齊了，就上船嘍。

因為是合搭的屋形船，所以除了我們這團外，還有其他團的旅客，各團之間都有屏風隔起來。喔，這樣就可以盡情地聊天，不用在意隔壁的人。而且因為是合搭，所以禁菸，真是太好了。

如網站所說，風浪不大，所以沒怎麼搖晃。

在冷氣設備完善的船艙內，我們聊得很開心，完全忘了外面的酷熱。

搭屋形船的樂趣，就在於窗外的景色和船上的料理。有前菜、沙拉、蒸蛋、船形生魚片、天婦羅、季節飯、稻庭烏龍，最後是季節性水果，份量滿分。

在船內廚房現炸的天婦羅，都是熱騰騰的，搭配的不是天婦羅沾醬，而是特別的鹽巴，非常美味。

我們拍了料理、拍了風景，邊大快朵頤邊報告彼此的近況。無關緊要的小事都能讓我們笑得渾身亂顫，時間很快就過去了。

船上的冷氣有點強，所以大家的身體都有點冷，下船後就散步到車站。邊感受熱度殘留的夜氣邊悠閒地散步，也是一種樂趣。

這是用來度過夏天，最好的心情排遣。

泛舟真的很快樂。我還想再搭一次。下次要搭其他船公司的屋形船，搭渡船旅遊也不錯。

看來，我也繼承了刻印在日本人ＤＮＡ裡的泛舟精神呢。

多一樣喜歡的東西，世界就會隨之擴大，充滿更多的期待和樂趣。

感覺還沒有滿足主題，但篇幅快用完了。

大家覺得《道鋪篇》第二集如何呢？請務必來信告訴我感想。在 Twitter 或臉書收到大家的感想，我個人是很開心，可是編輯部收不到，所以幾乎不能反映各位讀者的意見。

就這方面來說，責任編輯都會看讀者來信，可以從中直接了解讀者們的想法。而且讀者來信也可以成為測量儀器，測量出有多少人喜歡這個作品。

《大陰陽師 安倍晴明》、《吉祥寺所有怪事承包處》等作品，也期待各位的來信。希望不久後能再出《所有處》的續集。我會努力，所以請大家幫我加油。

那麼，下一個作品再見了。

結城光流

小怪的陰陽講座

①平安時代的下級官員。

②在同心手下工作的人，負責捕捉犯人。

③寬度只有一半的和服帶子。

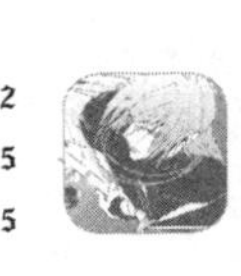

國家圖書館出版品預行編目資料

少年陰陽師. 肆拾肆, 凝聚之牆／結城光流著；涂愫芸譯.-- 初版.-- 臺北市：皇冠, 2016.04
面；公分.--(皇冠叢書；第4539種)(少年陰陽師；44)
譯自：少年陰陽師 44：こごりの囲にもの騒げ
ISBN 978-957-33-3221-3(平裝)

861.57 105003539

皇冠叢書第4539種
少年陰陽師 44

少年陰陽師——
凝聚之牆

少年陰陽師 44
こごりの囲にもの騒げ

作　　者—結城光流
譯　　者—涂愫芸
發 行 人—平雲
出版發行—皇冠文化出版有限公司
台北市敦化北路120巷50號
電話◎02-27168888
郵撥帳號◎15261516號
皇冠出版社(香港)有限公司
香港上環文咸東街50號寶恒商業中心
23樓2301-3室
電話◎2529-1778　傳真◎2527-0904
總 編 輯—龔橞甄
責任主編—許婷婷
責任編輯—蔡承歡
美術設計—嚴昱琳
著作完成日期—2014年
初版一刷日期—2016年04月

法律顧問—王惠光律師

讀者服務傳真專線◎02-27150507
電腦編號◎501044
ISBN◎978-957-33-3221-3
Printed in Taiwan
本書特價◎新台幣199元/港幣67元